나의 가해자들에게

나의 가해자들에게

씨리얼 지음

RHK
알에이치코리아

시작하기 전에

어느 무더운 여름밤, 친구와 통화하며 여름이 좋으면서 싫은 이유에 대해 신나게 떠들 때였다. 대화가 끝날 무렵, 그는 문득 자기가 '가해자'라고 했다.

"사실은 중학교 때 반 애들이 한 친구한테 장난을 심하게 쳤었어. 나도 예외는 아니었고. 그런 분위기가 자연스레 고등학교까지 이어져서 그 애는 학창 시절을 내내 왕따로 보냈거든. 갠 화를 낸 적이 단 한 번도 없었어. 그러다 어느 날 수업 시간에 자기 책상을 엎고 교실을 나가더니 돌아오지 않았어. 그냥 그렇게 잊고 살았는데 네 영상을 보고 그 애가 다시 생각나더라. 죄책감이

들고 괴로워."

내가 아무 말도 하지 않자 친구가 덧붙였다. "너한테도 왠지 미안했어"라는 말에 눈물이 차올랐지만, 소중한 친구에게 심한 질책은 하고 싶지 않았다. "네 장난이 그 아이에겐 너무 끔찍했을 거야"라고 짧게 말하고는 전화를 끊었다.

유튜브에 올린 영상 〈왕따였던 어른들〉 시리즈의 조회 수가 300만을 훌쩍 넘어가면서 가장 우려했던 일 중 하나가, 출연자에게도 발생할 수 있는 이런 순간이었다. 수많은 가해자와의 원치 않는 어색한 조우. 〈왕따였던 어른들〉 촬영 이후 함께 저녁 식사를 하며 나눴던 이야기이기도 하다.

출연자 1명은 자신의 이야기를 고백한 후 가해자와 우연히 마주쳤다고 했다. 어떤 가해자는 "나는 아니지?"라는 문자를 보냈고, "미안해"라며 뒤늦은 사과를 하기도 했단다. 각종 험한 커뮤니티에서 우리 영상을 퍼 가기도 했는데, 게시물의 제목은 일명 "아싸('아웃사이더outsider'의 줄임말로 사람들과 잘 어울리지 않고 집단에 소속되지 않는 이들을 말한다. 반대되는 성격의 사람을 일컫는 말로 '인사이더insider'의 줄임말인 '인싸'가 있다)들의 특징"이었고 댓글은 온통 자랑 섞인 자신의 가해 경험담이었다.

출연자를 제대로 보호해 주지 못한 것 같아 죄송하다고 말씀

6

드렸더니, 그들은 고개를 저었다. 소수만 그랬다고, 댓글 중 95퍼센트 정도는 우리에게 힘이 되었노라고. 특히 주연 님은 좋았던 댓글을 다 프린트해서 침대 위에 붙여 놨다고 말하며 밝게 웃었다. 현재 학교에 다니는 게 힘든 친구들이 이 상황을 어떻게 버텨 내고 있는지 그리고 우리의 이야기가 자신에게 어떻게 힘이 되었는지 쓴 댓글을 읽으며 한참을 울었다는 출연자도 있었다. 더 이상 우리는 혼자가 아니니까 괜찮다고, 학생들도 혼자가 아니라는 걸 알려 주고 싶다고 했다. 한때 자기 자신이 너무 싫어 자살까지 생각했던 그들은 누구보다 따뜻하고 당당하며 용기 있는 어른이 되어 있었다.

유튜브에 공개한 영상은 고작 20여 분이지만 우리가 인터뷰하고 서로 이야기 나눈 시간은 장장 5시간 4분이었다. 사전 인터뷰까지 모두 합치면 8시간도 넘는다. 모두 어디서도 들을 수 없는 값진 이야기들인데, 영상이라는 매체의 특수성으로 인해 확 줄여 편집할 수밖에 없었다.

아쉬운 마음에 펀딩 사이트 '텀블벅'을 통해 독립 출판물로 소량 판매했지만, 이 이야기가 더 많은 이들에게 닿았으면 하는 소망이 있었다. 그러다 출판사 알에이치코리아와 담당 편집자님을 만나게 됐다. 편집자님은 인터뷰 원본을 지하철에서 읽다가 조금 울기도 했다고 고백했다. 이 이야기를 정말 많은 이들에게 알리고 싶다는 사명감이 든다면서.

이 책을 읽다 보면 중간중간 울컥하는 부분들이 분명히 있다. 반 아이들의 시선을 감당할 힘이 없어 책상에 얼굴을 파묻던 14살의 나, 짝을 만들어야 할 상황이 오면 등줄기가 서늘해졌던 18살의 나. 분명 그들의 이야기인데 어느새 어릴 적 나의 모습이 떠올라 눈물이 차오른다.

그럴 때는 잠시 책을 덮고 마음 깊은 곳에 숨어 있는 '어린 나'의 등을 조용히 쓰다듬어 주며 "고생했어. 버텨 줘서 고마워"라는 말을 건네길 바란다. 그게 바로 이 책을 세상에 내놓은 이유이기 때문이다. 이제, 충분히 사랑받지 못했던 어릴 적 나를 넘치게 사랑해 줄 차례다.

책을 출간하며 제목에 대한 고민이 깊었다. 영상 제목인 〈왕따였던 어른들〉을 그대로 책 제목으로 하자는 의견도 많았지만 '왕따'라는 단어를 쓰는 것 자체가 학교 폭력 문제를 피해자의 문제로 한정하는 듯한 인상을 줄 수 있다는 지적에, 결국 출연자들과 상의 끝에 최종 제목을 '나의 가해자들에게'로 결정했다. 이 책은 같은 아픔을 겪었거나 겪고 있는 이들에게 큰 위로가 될 것이다. 동시에, 아무렇지 않게 타인을 가해하는 이들에게 경종을 울리는 책이 될 것이다. 그렇게 되어야만 한다. 이것이 우리의 공감대였다.

마지막으로 이런 이야기를 할 수 있도록 함께해 준 팀, 서로를 믿으며 여기까지 와 준 정말 멋지고 자랑스러운 출연자들 그리고 하나님께 진심으로 감사의 뜻을 전한다.

최윤제
〈왕따였던 어른들〉 담당 PD이자 인터뷰어

차례

"왜 하필 왕따를 다뤘어?"

남자 반 영상이 나가던 날, 엄마가 불쑥 내 방문을 열고 물었다. "너는 학교 다닐 때 그런 일 겪은 적 없었잖아"라며 확신에 차서 말하는 엄마에게 "엄마, 실은 나도 왕따였어"라는 말을 차마 내뱉을 수 없었다. 내 딸이 왕따를 당한 적이 있다니, 엄마에겐 감히 상상조차 하기 어려운 일일 것이다.

이 인터뷰집은 그 어려운 말을 불특정 다수를 향해 꺼내기로 용기를 낸 출연자들의 이야기다. 가연, 민아, 희정, 주연, 지영, 권배, 의현, 요셉, 성호, 재경 그리고 392명의 설문 응답자들. 이들은 모두 학창 시절 왕따였으며 학교 폭력의 피해자였다. 대부분이 그 당시 스스로 목숨을 끊는 상상을 하기도 했고, 실제로 자살을 시도했던 분도 몇 있었다. 아이들의 폭력적인 언어와 지나친 괴롭힘 그리고 주위 친구들의 경멸하는 눈빛은 한 아이의 존엄성을 순식간에 무너뜨렸다. 누군가에게는 그립고 돌아가고 싶은 학창 시절이 우리에겐 외롭고 두렵고 잔인한 계절로 기억되는 이유다.

출연자 10명을 포함한 402명의 응답자 중 96퍼센트가 그때의 기억이 현재의 자신에게 영향을 미치고 있다고 답했다. 소외를 경험한 이들 대부분이 무너졌던 존엄성이 회복되지 않은 채 어른이 되어 버린 것이다. 크고 작은 트라우마와 함께. 그렇다면 우리는 이 트라우마를 어떻게 대해야 할까.

많은 정신과 의사들이 트라우마를 극복하기 위해서는 나의 아픔을 누군가에게 고백하는 것이 중요하다고 말한다.

"나 사실 왕따였어."

하지만 이렇게 내뱉는 순간 분위기가 싸해지고, 패배자 혹은 사회 부적응자로 낙인이 찍힐 걸 안다. 그런 말을 함부로 꺼낼 수 없는 이유다.

〈왕따였던 어른들〉 프로젝트는 그래서 시작됐다. 누구에게도 말할 수 없던 기억과 감정을 "너 이런 것 알아? 나는 잘 알아"라고 할 수 있는 사람들이 모여 아픔을 인정하고 공감해 준다. 따로 말하지 않아도, 서로의 이야기를 듣는 눈빛에 이미 많은 말과 생각이 담겨 있다. 그건 결코 우리의 잘못이 아니었어요. 버텨 줘서 고마워요.

물론 우리 자신을 치유하고 싶다는 마음도 마음이지만, 우리와 같은 일을 아무도 겪지 않았으면 하는 마음이 더 컸다. 가해자가 학교 폭력을 멈추길 바랐다. 방관자들이 최소한 옳지 않은 것에는 목소리를 낼 수 있으면 했다. 만약 둘 다 불가능하다면 손이라도 내밀고 싶었다. 지금도 교실 책상 위에 엎드린 채 혹은 화장실에서 많은 시간을 보낼 친구들에게, 우리가 여기 함께 모여 있다는 걸 보여 주고 싶었다.

이 프로젝트는 이미 많은 사람의 마음을 울린 듯하다. 출연자 10명의 이야기를 보고 들은 이들이 유튜브에만 만 개가 넘는 댓글을 달았다. 그들은 자기 경험을 고백하고 서로를 향한 위로의 말을 나누었다. 어른이 된 왕따는 또 다른 어른에게 공감하고, 현재 왕따를 당하고 있는 10대를 위로했다. 반대로 10대가 어른을 위로하기도 했다. 유튜브에서 쉽게 보기 힘든 장면이 지금도 이어지고 있다.

영상에 다 담기에 너무 많았던 인터뷰 전문을 이 책에 실었다. 학창 시절 왕따를 당하면서 느꼈던 세세한 감정과 지나치게 선명한 기억들 그리고 어른이 된 이후의 삶까지. 글을 읽고 있을 당신 또한 소외의 기억 혹은 타인에게 지워지지 않는 상처를 받았던 기억이 있다면, 이 책을 통해 따뜻한 연대를 경험할 수 있길 바란다.

2019.5.15. 펀딩을 시작하며

최윤제

여자반

출석부

가연   23살. 초등학교 5학년, 6학년 때 소외를 겪었다. 전공은 정치·외교, 행정, 광고·홍보. 지금은 휴학 중이다. 요즘은 눈에 보이는 모든 것을 사진으로 담는 취미가 생겼다.

민아   24살. 학창 시절은 대부분 소외당했던 기억으로 채워져 있다. 9살쯤 청각 장애가 왔다. 요즘 오전에는 스피닝, 오후에는 태권도를 한다. 운동을 시작한 후로는 매일 집 밖으로 나가 조금이라도 땀을 흘리고 오는 덕에 우울함을 느끼는 날이 현저하게 줄었다.

희정   30살. 초등학교 5학년 때부터 고등학교 졸업 때까지 같은 지역에 산 탓에 '왕따'라는 꼬리표가 떨어진 적이 없었다. 가정 폭력도 겪었다. 지금은 지적 장애인의 자립을 돕는 사회 복지사로 일하고 있다. 신혼 생활을 즐기고 있으며, 방 탈출 게임을 하는 재미에 푹 빠져 있다.

주연   22살. 중학교 1학년 때의 '은따'를 시작으로 다양한 종류의 학교 폭력을 경험했다. 전공은 기술경영이지만, '배리어 프리barrier free(장애인이나 고령자 등 사회적 약자들 모두가 참여할 수 있는, 장벽이 제거된 환경)' 연극을 만들거나 인권과 관련된 일을 부업으로 하고 싶어 한다. 요즘은 브이앱 한국어 번역을 열심히 하는 중.

지영   28살. 초등학교 6학년 때 갑자기 친구들이 돌아서면서 왕따를 당하기 시작했다. 이후에도 그들과 같은 중학교에 배정되는 바람에 지속적인 따돌림을 겪었다. 지금은 파티시에로 일하고 있으며, 본인이 만든 케이크를 통해 손님들에게 조금이나마 세상을 살아갈 힘을 줄 수 있기를 바란다.

● 출연자의 요청에 따라 일부는 본명, 일부는 가명을 썼습니다.

/ 조회 시간

피디 안녕하세요! 다들 이렇게 모여 주셔서 진심으로 감사해요. 오늘 인터뷰는 사전에 드렸던 질문을 토대로 이야기를 나누며 진행될 거예요. 다들 촬영 기다리시면서 벌써 친해지신 것 같네요.

서로를 바라보며 웃는다.

피디 그럼, 본격적으로 이야기를 나누기 전에 서로 자기소개 한 번씩 부탁드릴게요. 우선 저부터 해 볼까요? 저는 28살이고 '씨리얼'에서 일하고 있는 최윤제입니다. 이런 식으로 가연 님부터 부탁드릴게요.

가연 안녕하세요. 저는 23살 대학생이고요. 현재는 휴학 중입니다.

민아 저는 24살이고요. 대학교 자퇴하고 나서 백수로 지내고 있습니다.

희정 저는 31살 사회 복지사이고요. 가면을 쓰고 온 이유는 그, 오빠… (울먹이며) 아, 어떡해. (입술을 깨물고) …… 1살 많은 오빠가 있는데, 장애가 있어서 사회생활에 피해를 많이 받았어요. 저 때문에 또 영향이 갈까 봐 가면을 쓰고 참여하게 되었습니다. 어떻게 해. 분위기 어떡해요.

피디 아니에요. 괜찮아요.

주연 저는 22살이고 지금 대학교 재학 중인 학생입니다.

지영 저는 28살이고 디저트를 만들고 있습니다.

피디 네. 일단 모두 자기소개 감사드려요. 혹시 휴지가 있나요?

지영이 희정에게 휴지를 건넨다.

민아   왜 나도 눈물이 나려고 하지.

희정   (웃으며) 아, 큰일 났네.

피디   (미소 지으며) 울어도 괜찮아요. 이번에는 인터뷰에 응하게
된 계기 혹은 이런 이야기를 하기로 마음먹은 이유에 대해
들을 수 있을까요?

지영이 먼저 입을 뗀다.

지영   음, 초등학교 때 왕따를 당하기 시작하면서부터 그 아픔을
항상 저 혼자 견뎌 왔어요. 그러다 보니 제 안의 많은 상처
들이 곪게 됐고, 아직도 그때의 영향을 받고 있습니다. 뭐
라고 해야 하지? 그런 저의 10대와 20대가 되게 불쌍했어
요. 혼자 앓았던 저 자신이 안쓰러웠고요. 누군가에게 도와
달라고, 아프다고 소리 한 번만 냈으면 지금과는 조금 다르
지 않았을까. 그래서 이제라도 이렇게 소리를 내 보고 싶어
서 나오게 되었어요. (고개를 끄덕이며 말을 마친다.)

민아 저도 초등학교, 중학교, 고등학교 시절 모두 왕따, 은따를 당했지만, 죽지 않고 살아남아서 대학교도 가고 결국 지금까지 버텨 왔어요. 지금 여기에 있는 분들, 다 저랑 비슷한 학창 시절을 겪으신 거잖아요. 다 잘 버텨 주셔서 여기까지 온 거니까. 이거 보고 계시는 분들도 잘 견디셔서 계속 함께 이 사회를 더 좋게 만들어 나갔으면, 하는 마음에 나오게 되었습니다.

희정 (가면을 들고 눈물을 닦으며) 아, 왜 이렇게 눈물이 나지. (떨리는 목소리로) 저는 사실, 되돌아보니까 제가 되게 불쌍하더라고요. 근데 당시에는 불쌍하다는 말이 제일 싫었어요. 그래서 그때는 스스로 '그래, 나는 왕따를 당할 수밖에 없는 상황이야'라고 생각하며 살았어요. 아무것도 못 할 줄 알았고, 나는 쓸모없고 필요 없는 사람이라고 생각했거든요. 근데 지금은 그냥 너무 잘 참아 왔다고 생각해요. (웃으며) 세상에는 맛있는 것도 많고, 재밌는 것도 많고! 그리고 살다 보니까 좋은 친구도 만나게 됐어요. 어쩌면 보상 심리로 더 재미있게 살려고 하는 것일 수도 있어요. 그래서 이 즐거움을, 지금 아픔을 겪고 있을 10대들이 쉽게 놓치지 않았으면 좋겠다는 마음에 출연을 결심하게 됐어요.

희정이 휴지로 눈물을 닦는다.

주연 저는 사실 제 20대가 안 올 줄 알았어요. 그 지옥이 절대
안 끝날 거라고 생각했어요. 근데, 어느 날 눈을 떠 보니까
20대가 돼 있었고, 주변에 좋은 사람들이 생기기 시작했어
요. 그들 덕분에 여기 나오는 데 용기를 낼 수 있었어요. 사
실 최근까지도 왕따에 대해 계속 생각해 봤는데, '나는 아
직 나를 용서하지 못했구나' 싶었어요. 그때 소리치지 못했
던 그리고 누군가에게 말하지 못했던 내가 너무 미워서 나
쁜 생각도 많이 했었거든요.

가연 어, 저는 그 당시에 죽는 건 무서운데 살기는 싫고…. 눈 감
았다 일어나면 아침이라 밥 먹고, 그저 땅만 보고 살다가
밤 되면 또 자고. 일어나면 '아, 씨. 또 아침인가. 그냥 이럴
바엔 세상이 망했으면' 하는 생각만 들잖아요. 그런데 저를
믿어 주는 사람들을 만나게 되면서 '아, 그때 내가 당했던
일들이 내가 잘못해서, 나에게 문제가 있어서 그런 게 아니
었구나' '이제는 내가 마음의 짐을 덜어도 되겠구나' 하는
걸 느꼈어요. 그래서 인터뷰 제의를 받고 많이 고민하다가
나가야겠다는 결심을 하게 됐고요.

1교시 / 소외의 기억

피디 이제 본격적인 이야기를 시작해 보려 해요. 곧 3월인데, 한창 새 학기가 시작될 때잖아요. 많은 분이 그랬듯이, 저에게도 정말 두려웠던 시간이었어요. 혹시 그때의 시간을 나눠 주실 수 있나요? 강렬했던 순간의 기억이라든지요. 먼저 나눠 주실 분 있으세요?

아무도 선뜻 이야기를 시작하지 않는다.

주연 (손을 들며) 먼저 하겠습니다. 강렬했던 순간은 정말 많지만, 특히 생각나는 게 하나 있어요. 어느 날, 영어 교실로 이동하는 시간이었어요. 선생님도 교탁 앞에 앉아 계셨고요. 옆에서 남자애들이 '쪽팔려 게임(가위바위보에서 진 사람이 창피한 행동을 하는 게임)'을 하고 있다는 걸 대충 알고는 있었는데, 신경 쓰지 않고 그냥 제 자리에 가만히 앉아서 책을 보고 있었어요.

그런데 한 남자애가 오더니 갑자기 제가 읽고 있던 책을 던지고 책상을 엎어 버리는 거예요. 너무 놀라서 가만히 있었더니 "쪽팔려 게임이었어. 네가 약해서 그런 거니까 어쩔 수 없어"라고 말하더라고요. 이미 교실 안 아이들의 시선은 모두 저를 향해 있었고요. 선생님이 그 남자애를 조금 혼내시고 제게 "사과하라고 할까?"라고 물어보셨지만, 이미 그 남자애가 게임이라고 말했는데 제가 그렇게 하면 너무 예민하게 군다고 할 것 같아서 말았어요. 옆에 그 남자애 친구들이 잔뜩 모여 있어서 후환이 좀 두렵기도 했고요.

그러고 난 뒤에, 선생님은 그냥 너무 심하게 놀지 말라고 말씀하시고는 다시 교탁으로 돌아가셔서 상황이 무마됐어요. 그런데 그 일이 저한테 되게 쇼크로 다가왔었어요. 선생님만은 내 편일 줄 알았거든요. 이걸 계기로 괜히 선생님께 반감을 갖게 되기도 했고요.

민아 저는 초등학교 저학년 때까지는 친구가 많았어요. 그러다가 초등학교 2~3학년 때쯤이었나? 방에서 책을 읽고 있었는데 엄마가 갑자기 들어와서 왜 대답을 안 하냐고, 몇 번이나 불렀다고 하시더라고요. 못 들었다고 하니까 이상하게 여기셨어요. 근데 그런 일이 몇 번 반복됐나 봐요. 병원에 가서 검사를 했고, '원인 불명의 청력 손실'이라는 진단을 받고서 보청기를 끼게 됐어요. 전 아무렇지도 않았어요. 성인이 될 때까지 낫지 않으면 평생 이렇게 살아야 한다는 말을 들었을 때도 별 생각이 없었고, '나으면 좋지만 안 나으면 어쩔 수 없지, 뭐' 이렇게 생각했어요. 불편하지만 지금도 그래요.

그런데, 그때 하필이면 전학을 갔어요. 그곳에선 청각 장애가 있다고 하니까 '귀머거리'라는 별명이 붙더라고요. 그때는 소심해서 말도 잘 안 했는데, 애들이 벙어리냐고 놀리고 비웃기도 했어요. 그래도 다행히 주변에 친구가 한두 명 정도 있었어요.

그 친구들 중 1명이, 어디서 뭘 보고 온 건진 모르겠는데 갑자기 오디션에 나가자고 하더라고요. 지나가던 일진 애가 그걸 듣고는 너는 거기 나가려면 어디를 고쳐야 하고 너는 어디를 고쳐야 하고, 막 이런 말을 하는 거예요. 저는 솔직히 되게 소심해서 그런 말을 들어도 별로 신경 안 쓰고 넘어갔는데, 옆에 있던 친구는 화가 많이 났는지 다른 애들한테 그 일진 애를 욕하고 다녔대요. 그런데 다음 날 제가 그 욕을 한 걸로 알았는지 일진 애가 학교 끝나고 자기 좀 보자고 하더라고요.

후… 재개발 중인 빌라로 갔는데 애들이 구석에 절 세워 놓고 주위를 빵 둘러쌌어요. 그리고 욕하고 뺨을 때렸어요. 남자애들은 벽에 서 있는 저를 축구공으로 맞추려고 하고요. 울면 보내주겠다고 했는데, 전 울고 싶지 않아서 울지 않았어요. 근데 뺨을 맞다 보니까 보청기가 빠진 거예요. 울음이 터지더라고요.

바닥을 막 뒤지면서 어떻게 하냐고… 말도 제대로 못 할 정도로 엄청나게 울었어요. 그제야 울었으니까 보내주겠다고, 집에 가라고 해서 도망쳐 나와 피아노 학원에 갔어요. 피아노 선생님이 제 볼이 파랗게 멍든 걸 보고 '어디서 맞고 왔구나' 생각하고 엄마한테 연락하셨어요. 다음 날 바로 가해자들의 부모님이 소집되었고요.

그런데 저를 때렸던 애들은 그냥 발 밟은 거 미안하다고 하듯이 "아, 미안" 이렇게 말하는데……. 솔직히 선생님도 그게 제대로 된 사과가 아니라는 걸 아셨을 거 아니에요. 근데도 그냥 넘어가셨어요. 참 슬프죠.

지영 초등학교 6학년 때 친했던 친구들이 하루아침에 저를 왕따 시켰어요. 그 친구들은 절 대놓고 무시하거나 선생님이 없을 때 구석에 몰아세우고는 욕하고 때렸어요. 점점 그런 날들이 늘어갔죠. 그러다 보니 같은 반 친구들은 제가 그렇게 막 대해도 되는 사람이라고 인식했나 봐요. 1명, 2명⋯ 다들 저를 무시하고, 지나가면 욕하고, 남자애들은 장난이라고 하면서 제 몸을 만지며 놀았어요. 전 그 당시에 그게 성추행인지도 몰랐어요. 정말 그냥 저랑 놀아 주는 건 줄 알았어요. 참 멍청했죠.

단체로 나를 무시하고, 벌레 보듯 쳐다보고. 나를 똑바로 바라보며 쏘아 대는 욕들. 참, 그게 아직도 생생하고, 그때 느낀 감정들이 마음 한편에 그대로 남아 있어요. 그래도 6학년이었으니까 '중학교 올라가면 이제 다들 떨어지겠지. 더 안 봐도 되겠지' 하고 참고 버텼어요. 근데 막상 졸업하고 보니 다 같은 중학교에 배정된 거예요. 너무 무섭고 끔찍했어요.

다행히 같은 반은 안 됐는데, 복도 지나가다가 그 애들이 나를 볼까 봐 너무 무서워서 쉬는 시간마다 교복 재킷을 뒤집어쓰고 책상 위에 엎드려 있었어요. 혹시라도 그 애들이 나를 보면 같은 반 애들이 또 나를 그런 식으로 괴롭힐까 봐. 같은 지옥이 반복될까 봐. 숨어만 지냈어요, 그래서. 누구와도 교류하지 않고 혼자 학창 시절을 보냈어요. 너무 괴로웠어요.

가연 5학년 때 친하게 지내던 친구네 부모님이 사이가 안 좋아지셔서, 한 분이 집을 나가신 거예요. 그 친구가 너무 걱정하기에 어린 마음에 제 가족사를 얘기하면서 위로해 줬어요. 저희 부모님도 제가 어렸을 때 이혼하셨거든요. 그 뒤로 1주일 정도 됐을 땐가, 제 주변 모든 사람이 제 가족사를 알고 있더라고요. 옷차림이 별로라서, 안 꾸미고 다녀서 저를 무시하고 깔보는 애들도 생겼고, 가족사를 들먹이며 무시하는 애들도 생겼고. 복도를 지나가는데 별로 안 친한 애들이 저를 화장실로 끌고 가서 겁을 준 적도 있었고, 남자애들은 "너 아비 없는 집 애라며?" "위자료는 받고 사냐?" 같은 말을 했어요.

개중에 여자애 1명이 유독 저를 많이 괴롭혔는데, 남자애들과 같이 여론을 만들어서 괴롭히는 유형이었어요. 그때 배우 고故 장자연 님 사건으로 말이 많았었는데, 제 이름과 비슷하다고 장자연 님의 이름을 제 이름으로 바꿔 부르며 장난을 치기도 했어요. 교실 사물함 같은 곳에 이름을 바꿔

적고, 앞에 나가서 발표할 때도 이름을 말하면 "너 이름 그거 아니잖아, 장자연이잖아" 같은 말을 하면서 자기들끼리 낄낄거렸죠. 당시 담임은 그런 상황이 일어났는지도 모를 만큼 방관했고요. 학부모회에 속한 부모의 아이나 치맛바람이 센 부모의 아이에게만 신경을 썼어요. 그러니 저는 완전히 사각지대에 있었던 거죠. 저희 엄마는 일하시느라 학부모회를 한 번도 안 나가셨거든요.

전학 가기 전에 선생님께 전학 사실을 말씀드렸는데 전학 당일까지 아무 말씀이 없으셨어요. 그러다 제가 "저 오늘 짐 빼고 전학 갑니다"라고 말씀드리니, 그제야 "아, 맞다" 하시면서 "얘들아, 가연이 오늘 뭐지, 전학 간대" 이러시는 거예요. 그러니까 애들이 다 거기서 "와, 쟤 드디어 간다" 하면서 제발 좀 가라고 막 환호성을 지르고 휘파람을 부는데…… 드디어 간다고 환호하던 모습을 잊을 수가 없네요. 이미 기가 꺾인 상태로 전학 간 학교는 신설 학교라 전학생끼리 기 싸움이 심했어요. 전 이미 자존감이 낮아진 상태여서 사람 눈도 제대로 못 쳐다볼 정도였고요. 근데 전학 온 지 3일 만에 '야린다'며 화장실로 불려가 애들에게 욕을 먹었어요. 결국 전학 간 학교에서도 그렇게 1년을 보내고 졸업했는데, 친구와 찍은 졸업 사진은 1장도 없었죠.

숙연해진 분위기에 모두 바닥만 쳐다본다.

희정   저는… (조금씩 울먹이며) 기억이 시작되는 지점, 그러니까
      가장 어릴 적부터 알코올 중독자였던 엄마에게 폭언과 폭
      행을 당하며 살아왔어요. 1주일 중 하루나 이틀씩 행해지
      던 폭력은 점차 횟수가 늘어 갔고, 보살핌을 받지 못한 저
      는 점점 소심해졌죠. 옷, 신발, 가방 등 행색도 초라했고요.
      또, 같은 학교에 다녔던 연년생 오빠는 지적 장애가 있어
      같은 반 친구들에게 폭언, 폭행을 당하는 왕따였어요.
      오빠가 폭행당하는 모습을 우연히 보게 된 제가 오빠 반을
      찾아가 "괴롭히지 마세요"라는 말을 한 직후부터, 1년 선배
      들의 야유와 성추행을 당하며 반 친구들에게도 본격적인
      따돌림을 당했어요. 그들끼리 누구 동생 왔을 때 몸을 만지
      면 100원, 500원, 이런 내기도 많이 했고요.

      희정은 잠시 말을 잇지 못한다.

희정   행색이 초라하고 장애인 오빠를 두었다는 이유로 시작해,
      나중에는 아무런 이유도 없이 욕하고 때리고. 그냥 쭉 따돌
      림의 대상이었어요, 전. 욕설, 비난, 야유는 일상이었고, 쉬

는 시간 자리를 비운 사이 의자에 누군가가 본드를 발라 두거나 압정을 꽂아 둔 걸 모르고 앉았던 일, 교과서나 체육복을 찢거나 빼앗은 뒤 거지라 새로 살 수 없어서 어떻게 하냐고 놀림받았던 일, 제 옷에 일부러 물감이나 오물을 묻혀 당황했던 일, 욕설을 적은 종이를 등에다 붙인 걸 나중에 안 일. (입술을 깨물며) 하루, 하루가 정말 지옥이었어요.

민아가 흐르는 눈물을 소매로 닦는다.

지영 저는 점심시간도 기억에 많이 남아요. 점심시간에는 꼭 같은 반끼리만 밥을 먹어야 했어요. 저는 급식 줄을 설 때도 맨 뒤에서 혼자 고개 숙이고 고립된 채 서 있었어요. 다들 즐겁게 떠들고 있을 때, 저는 '혼자 외롭게 있는 이 끔찍한 시간이 빨리 지나가라, 지나가라' 그 생각만 했어요. 사실 그 상황이 정확히 생각나지는 않아요. 너무 괴로워 기억하기도 싫어서 지웠나 봐요.
저는 항상 선생님과 마주 앉아 식판에 얼굴을 박고 밥을 먹는 것에만 집중했어요. 선생님은 아무것도 물어보지 않으셨어요. 그냥 저를 놔두셨어요. 근데, 그게 더 괴로웠어요. 친구들이랑 밥을 먹던 아이가 갑자기 선생님이랑 밥을

같이 먹는데, "왜 그러니, 무슨 일 있었니?"라고 한 번이라도 물어봐 주고 관심 있는 척이라도 해 주시지. 우리 반 '담임'을 맡은 '어른'인데 말이죠.

희정 저도 점심시간 때는 그냥 자리에서 혼자 먹거나 굶은 채 엎드려 있는 게 일상이었어요. 그나마 나중엔 친구가 생겨 급식실에서 밥 먹을 때가 있었는데, 그때마다 가해자들을 마주칠까 봐 불안했고, 마주치면 비난과 야유를 들어야 했어요. 모르는 척하고 울음을 많이 참았던 기억이 나요.

민아 저는 왕따일 때 점심시간은 대부분 도서관에서 보냈어요. 그냥 밥을 안 먹었죠. 자판기에서 사 먹거나. 무엇보다 짝을 이루어서 무언가를 해야 하는 체육 시간이 싫었어요. 친하지도 않은, 나를 싫어할지도 모르거나 이미 싫어하는 아이들이랑 함께해야 했으니까요.

주연 저는 체육을 굉장히 좋아했었어요. 자유 시간에는 공놀이도 하고 싶고, 했는데 그냥 가만히 벤치에 앉아 있을 수밖에 없었어요. 체육 대회 같은 걸 준비할 때면 이겨도 욕먹고, 져도 욕먹고. 팀을 짤 때도 항상 마지막에 남겨져서 꼉

장히 괴로웠어요.

가연 학교에서 실기 이런 거 많이 하잖아요. 근데 제가 미술을
좋아했고 또래 중에서는 꽤 잘했던 것 같아요. 근데 그걸
그 친구들이 알다 보니까 자기들 미술 숙제를 다 저한테
몰아서 시키는 거예요. 방과 후에 혼자 제 거랑 애들 거 다
하고, 그러면 똑같은 그림체로 그린 그림이 10장 넘게 담
임 선생님한테 가잖아요. 근데, 1년 동안 단 한 번도 담임
선생님이 저한테 얘기 좀 하자는 말을 한 적이 없어요.

1년 내내 계속 노는 애들 무리에 둘러싸여 있었어요. 그러
니까 좌, 우, 대각선이 다 노는 친구들이었고, 저는 감시받
으면서 계속 그림 셔틀로 살았어요.

하루는 밥을 다 먹고 잔반통에 음식을 버리려는데 낯선 애
가 제 앞에 오더니 "너 미술 시간에 내 캐리커처 그렸어?"
하고 묻는 거예요. 보니까 다른 반에 있는 그 일진 무리 중
1명이더라고요. 그래서 "맞다" 하니까 제 머리를 쓰다듬으
면서 "아유, 잘했어~" 그러는데, 그게 칭찬처럼 들려서 웃
음을 멈출 수가 없는 거예요. 그러면서도 한편으로 너무 비
참했고, 좋은 게 아닌 걸 알면서도 좋아하는 내 모습이 너
무 싫었어요. 맨날 욕만 먹고, 부모님이 어떻다는 둥 별 애

기 다 듣고 진짜 죽고 싶었는데, 그 칭찬 하나 때문에 입꼬리가 가만히 있질 않는 거예요. "어, 고마워, 고마워……" 했던 그 장면이 기억에 좀 많이 남아요.

그다음부턴 점심도 잘 안 먹고 급식 시간에는 혼자 교실에 남아 엎드려 있다가 집에 가서 밥을 먹곤 했어요. 그 시간, 공기, 애들 말하는 소리까지 다 멈추고 평생 나는 그 자리에 있을 것 같은 느낌? 급식실에 가면 그 애가 또 나와서 제 머리나 턱을 쓰다듬을 것만 같았거든요. 그 순간엔 제가 사람이 아니라 개가 된 느낌이었어요. 주인 말을 잘 듣는 개.

쉬는 시간 : 학창 시절, 그때의 이야기를 들려주세요

/ 117번째 사연, 22살 여자

어디서부터 말을 해야 할까요. 아, 초등학교 4학년일까요. 저는 그리 친구가 많지 않았어요. 저는 그때 어머니의 치맛바람 밑에서 하라는 대로 공부만 해 온 아이였으니까요. 그래서 감정 표현에 서툴렀고, 그들의 감정에 공감할 수 없었나 봐요. 아이들은 저를 조금씩 멀리했고, 그렇게 저는 철저한 약자가 되어 살아갔죠. 소위 일진이라는 아이들의 먹잇감이 됐고, 그들의 진두지휘 아래 마치 사냥감처럼 그들에게, 아니 반 전체에게 공격을 당했습니다.

먹고 남은 우유갑을 던지는 건 기본이었고, 덩치가 큰 저를 학교 뒤뜰에 데려가 남자애들과 싸움을 붙이기도 했죠. 지나가다 제가 보이면 '발차기 연습'이라면서 제 배를 걷어찼고요. 집에 갈 때쯤이면 제 가방은 항상 사라져 있었어요. 종종 변기에서 발견됐죠. 어느 날은 하교를 하는데 대여섯 명에게 구타를 당한 적도 있습니다.

체육 시간은 제게 친구가 없음을 모든 사람에게 공공연하게 보여 주는 시간 같아 너무나 치욕스러웠어요. 피구를 하는 날이면 저는

여자 반

온 사방에서 날아오는 공을 피해야만 했습니다. 그 공에 맞으면 너무나 아팠기에, 필사적으로 피해야만 했죠. 그렇게 피구는 누가 제일 먼저 저를 맞히는지를 가리는 게임이 됐습니다.

수련회 때 숙소에서 친구들의 돈이 사라지는 사태가 일어나고 그 범인이 저인 것처럼 소문이 퍼져서 온갖 욕을 먹은 적도 있었어요. 당시 핸드폰에는 전화와 메시지 기능만 있었는데, 발신자 제한으로 수많은 욕 문자가 날아왔어요. 차마 입에 담지도 못할 말들이었죠. 특히 부모님에 대한 욕은 제 가슴을 후벼 팠습니다. 5학년 말이 되어서야 부모님이 이 사실을 알게 되셨어요. 그때 저를 끌어안고 펑펑 우시던 그 모습을, 저는 그 눈물 한 방울까지 기억하고 있습니다.

2교시 / 그때의 감정

피디 이제 말씀해 주셨던 소외의 기억에서 조금 더 나아가 볼게요. 그때 느꼈던 감정들, 주로 어떤 감정이었어요?

민아 내가 너무 답답했어요. 무기력하고 아무것도 할 수 없던 내가 너무 싫었어요.

희정 저도요. 수업 시간에 장래 희망에 대한 발표를 했는데, 전 그냥 평범하게 사는 게 꿈이었거든요. 그런 얘기를 하는데도, (울먹이는 목소리로) 주변에서 다 "네가 뭐? 회사에 다니고 돈을 벌고 결혼을 해? 넌 안 돼"라고, 욕을 섞어 말하더라고요. 그게 꿈인데 안 된다고 얘기하니까 그냥 그런가 보다, 나는 나를 어차피 '해도 안 되는 사람'으로 여겼어요. 그래서 좀 많이 무기력했어요. 주변에서 이런 상황을 알고도 방법을, 제가 어떻게 해야 하는지를 찾아 주거나 하지 않았어요. 그냥 자기 눈앞에서 심하게 때리지만 않으면 된다고 여기는 수준이었으니까. 그래서 어디 뭐 도움을 청해야겠다, 하는 생각도 못 했죠. 누군가 이 사실을 알게 되고 개입하게 되면, 오히려 그게 다시 나한테 더 심하고 교묘한 괴롭힘으로 돌아오니까. 더 괴롭게 되니까. 그냥 오늘 하루는 날 좀 덜 괴롭혔으면 좋겠다….

가연 왕따가 되면 진짜 무서운 게, 내가 나를 놓아 버리는 게 다합리화가 되는 거예요. '너는 챙길 가치도 없는 애야.' '그냥이대로 있다가 먼지처럼 사라져도 아무도 모를 거야.' '이유는 없어, 그냥 너니까.' 진짜 웃지도 못했어요. 학교생활하다 보면 반 전체가 빵 터지거나 하는 일 있잖아요. 저는웃으면 "이빨 깐다"고 화장실에 끌려갔어요. "너 왜 이빨 까냐, 네가 왜 이빨을 까냐!" 그랬죠. 집에서 웃을 때도 반사적으로 엎드려서 끅끅거리며 웃는 게 습관이 됐어요.
또 생각나는 게, 그 당시 잘 때마다 똑같은 꿈을 꿨는데 괴롭혔던 애들을 옥상에서 하나씩 밀어 떨어뜨리는 거였어

여자 반

요. 너무 끔찍한데 꿈에서 저는 들떠서 어쩔 줄 모르는 거예요. 맨날 웃고 있고 꿈에서도 너무 깨기 싫은 거예요.

주연이 끄덕거리며 조심스레 말을 이어 간다.

주연 그 나이 때는 웃는 게 당연하잖아요. 그냥 친구들이랑 얘기하다가 웃고. 어느 날 집에서 〈무한도전〉을 보고 있는데, 갑자기 웃긴 장면이 나와서 막 웃는데 호흡이 안 되는 거예요. 과호흡이 와서 병원에 실려 갔어요. 병원에서는 지금까지 웃은 적이 너무 없어서, (씁쓸하게 웃으며) 제 호흡이 웃는 호흡에 맞출 수 없어서 그렇게 된 거라고 하더라고요. 그 후에도 웃다가 갑자기 헉, 하고 호흡이 멈춰 쓰러진 적이 한두 번 정도 있었어요. 지금도 막 그렇게 크게 웃거나 하지는 못해요. 중학생이 웃지 못해 병원에 가다니, 참 아이러니하더라고요.

지영 저는 왕따를 당하면서 아이들이 한 말을 그대로 흡수해서 그걸 저로 만들었어요. 나는 "집안이 부유하지도 않은데 부유한 척하는 아이"고, "잘나지도 않았는데 잘난 척하는 아이"고, "나대는 아이"로구나. 그렇게 꾸역꾸역 아이들의 말

을 먹어 삼켰어요. 이렇게 쓸모없고 남한테 욕만 먹고 피해
만 주는데, 굳이 살아야 하는 이유가 있을까. 자살 시도도
수없이 했는데 실패해서 여기 이렇게 살아 있는 거고요.

주연 (지영을 바라보며) 그게 맞는 거 같아요. 다 어느 순간 내 탓
이 되어 있고…. 그때 남자친구가 있었는데, 언어적인 성희
롱을 많이 당했어요. 남자친구의 친구들이 남자친구가 저
랑 잤는지에 대해서 내기를 걸었어요. 그러면서 왜인지 저
와 자지 않은 걔는 어느 순간 패배자가 되어 버렸고, 갑자
기 왕따를 당하기 시작했어요. 저와 얽히는 순간 다 왕따가
된다는 느낌이 들기 시작하면서, 그냥 '내가 재활용도 안
되는 쓰레기인가 보다' 라는 생각이 딱 들기 시작하더라고
요. 그 이후론 진짜 자해라든가 이런 걸 많이 해 봤어요.
집에서 뭔지도 모르는 약을 통째로 입에 털어 넣었던 적이
있어요. 알고 보니 감기약이라 아무 이상도 없긴 했는데,
전 그걸 또 다 토해 내고 있더라고요. 죽는 게 너무 무서워
서요. 막상 딱 죽을 상황이 되어 버리면 어떻게든 살아나려
고 하는 나를 보며 스스로를 더 용서할 수 없었어요. '살지
도 못하고 죽지도 못하고, 그러면 너 어떡할 건데.' 너무 괴
로웠어요.

쉬는 시간 : 학창 시절, 그때의 이야기를 들려주세요

/ 269번째 사연, 19살 여자

항상 생각나요. 그 아이들의 얼굴. 정말 아직도 생각만으로 눈물이 나요. 꿈속에서도 저를 괴롭히더라고요. 1주일에 적어도 한 번은 그 애들이 나오는 꿈을 꿔서 지금도 스트레스가 너무 심해요. 꿈을 꾼 날은 정상적인 생활도 좀 힘들고요.

그렇다고 이런 얘기를 부모님께 하진 못해요. 그러면 부모님이 속상해할 거고, 너무 많이 얘기하면 저한테 "이제 그만해라, 과거 일이지 않냐. 네가 그 애들보다 더 잘 되면 된다"라고 말씀하실 게 보여서요.

3교시 / 가해자와 방관자

피디   이번에는 학창 시절, 가해자와 방관자에 관해 이야기를 나눠 보려고 해요. 혹시 먼저 하실 분 계세요?

희정   (손을 들며) 울기 전에 제가 먼저 할까요?

모두 크게 웃는다.

희정   제가 다녔던 학교는 한 반마다 학생이 30명에서 40명 정도였어요. 그중 절반 이상이 절 괴롭혔고 나머지는 그냥 방관했는데, 그때는 사실 절 괴롭히지 않는 것만으로 감사했어요. 한번은 가해자 중 1명이 주도적으로 저를 때리고 제 물건을 파손하고 저를 곤란하게 만들려고 거짓을 꾸며 낸 적이 있어요. 이제 와 생각해 보니 가해자는 저와 똑같은 사람이었지만, 저는 그 가해자의 장난감이었어요.

민아 주도자들 보면 그 무리의 리더잖아요. 제일 질이 안 좋은. 계속해서 안 좋은 짓을 해서 학교를 자주 옮겨 다니고 그러는. 초등학교 때 저를 괴롭히던 무리의 리더 애가 있었는데, 고등학교 3학년 때 집에 가다가 그 애랑 마주쳤어요. 걔가 저한테 "너, 나 기억하지?" 이러는데 아는 척했다간 다시 그 일이 벌어질 것 같아서 모르는 척 누구냐고, 나 아냐고, 모르겠다고. 그러니까 욕하면서 지나가더라고요. '재 아직도 저러고 다니네' 하는 생각도 들었지만…… (눈을 감으며) 무서웠어요. '고등학생이 되었는데도, 나는 아직 나를 괴롭히는 애들한테 맞설 용기가 없구나. 나는 아직 거기서 거기구나' 싶은 생각도 들었어요.

가연 커 가면서 이런 게 얄미웠어요. 가해를 했던 애들이 두 부류로 나뉘어요. 어떤 애들은 잘 안 풀리는데, 그러면 뭐 좋은 마음이 들진 않아도 최소한 화는 덜 나요. 근데 너무 잘 풀린 애들을 많이 봤어요. 누가 들어도 알 만한 좋은 대학

여자 반

에 다니고 있는 애도 있고, 굉장히 좋은 친구로 평판이 나는 애도 있고. 허탈해지는 느낌 있잖아요. 저지른 사람은 없고 당한 사람만 있구나, 결국에는. 그 생각이 제일 많이 들었어요.

주연 (쓸쓸한 미소를 지으며) 원래 평판이 나빴던 애도 있지만, "진짜 착한 애"라는 소릴 듣는 애 중에도 주동자가 있었어요.

가연 '착한 일진'이라고들 하잖아요.

주연 (고개를 끄덕이며) 그런 애들이 성공한 걸 보면 기분이 되게 나쁘더라고요. 유학 가서 예전 생활 청산한 애들도 있고.

희정 누구는 경찰이 됐고, 누구는 소방관이 됐고. 이런 얘기를 들으면 진짜 너무 화가 나요. 화나서 잠도 안 왔어요. '네가? 그랬던 네가? 경찰서에 잡혀 가야 하는 사람인 네가… 사람 목숨 하나 죽일 뻔했던 네가?' 이런 마음이 드는 건 당연한 것 같아요. (울먹이며) 가해자는, 누군가에게는 정말 평범한 사람이겠지만 나한테는 정말 그냥 사라졌으면 좋겠다 싶은 사람이었으니까요. 아, 막 분노가 폭발한다.

여기저기에서 웃음이 터져 나온다.

희정   저는 피해자였던 그 삶에서 아직 벗어나지 못하고 있는데, 내가 잊고 살더라도 한 번씩 튀어나오는데, 가해자들 기억에는 없나 보더라고요.

민아   걔네한테는 즐거운 학창 시절이었으니까요.

희정   맞아요.

가연   좋은 친구들, 좋은 성적, 행복한 인생.

주연   저도 되게 쇼크였는데, 가해자 중 1명이 댓글로 "요즘 세상에도 왕따시키는 사람이 있어" 이런 말을 하고, 왕따시키지 말자는 내용으로 페이스북에 글도 쓰고.

민아   (실소를 터트리며) 진짜 어이없어.

가연   진짜 싫어요. 대학 가서 청소년 상담해 주고 멘토 활동까지 하고.

여자 반

민아   뻔뻔해도 적당히 뻔뻔해야지.

희정   그러니까, 나 정도면 괜찮다고 생각하면서 사는 것 같아요. "그때 너 괴롭힌 거 아닌데? 나를 그렇게 기억하니? 나는 너 안 괴롭혔어"라고 말하는 경우도 있었거든요.

가연   제일 듣기 싫은 게 "어릴 때 일인데, 뭐. 장난이었지. 뭘 그렇게 심각하게 받아들이냐" 이거랑 "그때는 상황상 어쩔 수가 없었어."

희정   맞아요, 그거 정말 공감!

민아   그냥 미안하다고 말해 주면 되는데.

주연   심지어 어른이 되고 나서 "난 너 당한지 몰랐어"라는 이야기도 들었어요. 모를 수 없었는데 절대로.

가연   "아 진짜? 왕따였어?" 하, 너는 몰라서 묻냐, 나한테.

민아   (고개를 끄덕이며) 어떻게 이렇게 다르게 기억하는 건지.

모두 고개를 끄덕이고 잠시 정적이 흐른다.

피디 이제 수많은 방관자에 대한 이야기를 해 볼까 합니다.

주연 (고개를 끄덕이며) 어제, 그때는 방관자였지만 지금은 친한 친구를 만났어요. 이 자리에서 그 친구 이야기를 하려면, 미리 만나서 알려야 할 것 같아서요. 상황은 정말 어쩔 수 없죠. 다들 속한 무리가 있고, 그 무리에서 벗어나는 순간 사실상 그 아이도 왕따가 되는 거니까요. 그게 두려운 것도 알겠고. 내가 만약 그런 상황이었으면 친구를 위해 나설 수 있었을까, 생각을 되게 많이 했어요.
전 그래서 사실 방관자였어도 괜찮다고 생각해요. 다만, 이후에 조금이라도 그걸 기억해 주었으면 좋겠어요. 내가 이만큼 아팠는데, 그 사람들한테는 그냥 '지나가는 친구1'로 잊혀 버리는 게, 내가 너무 비참해지는 것 같아서요. 방관자가 그렇게만 해 줘도 좋겠다, 싶어요.

지영 저는 중학교 때 방관자가 되어 버렸어요. 그때 남자애들이 어떤 친구를 굉장히 심하게 괴롭히는 걸 봤어요. 어른들이나 선생님한테 말해야 한다는 걸 아는데도 먼저 말 꺼내는

여자 반

게 되게 무서웠어요. 내가 아는 세계는 이 학교뿐인데, 그 아이가 겪고 있는 걸 나도 똑같이 겪을까 봐. 그게 너무 두려워서 나서질 못했어요. 그냥 지켜볼 수밖에 없다는 걸 느끼면서 '내가 초등학교 때 왕따당할 때 애들이 그냥 보고 있던 게 이런 느낌이었겠구나' 싶더라고요.

가연 저한테 방관자는 2가지 느낌이었어요. 아예 저랑 말도 안섞고 (팔짱 끼며) 시청자처럼 쳐다보거나, 제 상황을 바꿔주지는 못해도 와서 말이라도 던져 주거나. "너 이거 먹을래?" 아니면 "오늘 준비물 뭐 있으니까 챙겨"라든지.

피디 가연 님 이야기 들으니까 저도 생각나는 게 있어요. 고1 때 저한테 유일하게 다가왔던 친구가 1명 있었는데, 나중에 성인이 돼서 물어봤어요. "너 그때 왜 나한테 다가왔어?" 그랬더니 "너랑 노는 게 재밌었어" 이러더라고요. 사실 주변 친구들이 그랬대요. "쟤랑 같이 놀면 네가 피해를 볼 수도 있어"라고요. 근데 애는 "난 걔가 왜 그런 거를 당해야 하는지 모르겠어"라고 이야기했다고 하더라고요. 감동해서 "아… 이 은혜는 평생 잊지 못할 거야, 친구야." (웃으며) 이랬어요.

가연 (웃으며) 저도 왕따를 당했을 때 같이 지냈던 친구가 1명 있
      었어요. 아침부터 집에 갈 때까지 같이 다니진 않았지만,
      그 친구가 뭘 챙겨 주고 하는 게 되게 고마웠어요. 사실 학
      교 가면 제가 말을 할 일이 없잖아요. 거의 "아, 그래" "미안
      해" 이런 이야기만 하니까……. 그냥 잠깐이라도 이 친구를
      만나면 숨통 트이는 느낌.

지영 맞아요. 초등학교 때 저를 챙겨 주고 말을 잘 걸어 주던 다
      른 반 아이가 하나 있었어요. 밥 맛있게 먹었냐고 말 한마
      디 걸어 주고, 쉬는 시간마다 나한테 와서 "같이 놀자, 우리
      반에 와서 놀아" 하면서. 다른 반이라고 제 상황을 몰랐던
      건 아니었을 텐데. 그 친구 덕분에 지옥 같던 초등학교를
      졸업할 수 있었어요.

피디 그 친구가 했던 기억에 남는 말이나 행동이 있나요?

지영 특별하게 해 준 건 없어요. 그냥 같이 웃어 주고, 같이 이야
      기 나누고. 평범한 친구처럼 대해 줬다는 거. 그것만으로
      고마웠어요. 우리 반에서 난 쓰레기인데 그 친구 앞에만 있
      으면 나도 평범한 초등학생이 되는 듯한 느낌. 그게 되게

좋았어요.

희정 저 같은 경우에도, 같이 괴롭힘을 당할 수 있는 상황인데 항상 같이 있어 주지는 못해도 말 한마디씩 걸어 주고 그랬던 친구가 있었어요. 저랑 있으면 괴롭힘을 당하고 따돌림을 당하게 되니까 그게 무서웠다고 하더라고요.

피디 무서웠는데도 같이 있어 준 거예요?

희정 저학년 때까지는 같이 생일 파티도 하면서 친하게 지내던 친구들이 꽤 있었는데, 그중 개만 남은 거예요. 다른 친구들은 학교에선 옆에 같이 있지 못했고, 나가서만 그냥 한 번씩 보고 연락하거나 집에 놀러 가는 사이였어요. 학교에서는 무서웠대요, 같이 따돌림당할까 봐.

민아 저도 그런 친구 하나 있었어요. 문자로는 잘 연락하는데 정작 학교에서는 나랑 같이 있으면 따돌림당하니까 인사도 안 하는 친구. 근데 사실 그런 친구가 조금만 더 용기 내어 학교에서 말 걸어 주고 했으면 좀 더 힘이 됐을 텐데, 싶기도 해요.

저는 그때 같이 다녔던 친구들이 다 따돌림당하는 애들이었어요. 그래도 같이 따돌림당한다는 게 뭐랄까, 손을 잡은 거잖아요. 걔랑 나랑은 서로 힘이 되어 주는. 말은 안 해도 같이 노는 것만으로도 서로한테 힘이 되니까. 초등학교부터 중학교 그리고 고등학교 때까지 쭉 그랬어요. 그런 친구들과 같이 있었어요.

피디 혹시 추가로 하고 싶은 말씀이 있는 분, 계실까요?

주연 학원 선생님도 그랬고, 학교 선생님도 그랬고 "넌 대단한 사람이야, 넌 잘할 수 있어" 이런 말을 종종 해 주셨던 분들이 계셨어요. 그럴 때마다 떨어졌던 자존감이 조금씩 높아지는 느낌. 정말 그게 너무 고마웠어요. 언젠가 상담 선생님하고 상담을 하다가 그분이 분노를 하셨어요. 제 이야기를 듣고 분노하시고 울컥하시고. 근데 그게 제 고통에 대한 첫 공감이었거든요. '내 시간을 이렇게 공감해 줄 수 있는 사람이 있구나.' 그게 너무너무 감사했고, 이렇게 살아남아 성장할 수 있는 발판이 되어 줬던 거 같아요.

희정 고등학교 3학년 때 자퇴를 했어요. 제가 학교에서 자주 졸

있는데, 선생님께서 그 모습이 불량하다며 저 포함해 4명에게 학교 커튼 세탁을 시켰어요. 다음 날 따로 선생님을 찾아가 울면서 커튼 세탁을 할 수 없다고, 엄마가 하지 못하게 한다며 자초지종을 설명했어요. 그런데 담임 선생님은 자기 입장에선 도저히 이해할 수 없다며 반에서 공개적으로 저에게 "또라이냐? 정신 이상자 아니야?"라고 말했어요. 제가 할 수 있는 일은 눈물로 죄송하다고 말하는 것밖에 없었고요. 선생님은 커튼을 빨아 오라는 자신의 말을 무시했으니 학교에 나오지 말라며, 저에게 자퇴하라는 말을 했어요.

결국 선생님까지 함께 가해자가 되어 버린 상태에서 더는 학교에 다닐 수 없었고, 3학년 한 달을 겨우 채우고 자퇴하게 됐거든요. 그 후에 제 가정사를 알고 지지해 주시던 선생님의 도움으로 20살에 고3으로 복학해 좋은 담임 선생님을 만나 좋은 성적을 받고 졸업했어요. 학교를 다니며 좋은 선생님을 만나는 것도 중요하다는 걸 뼈저리게 느낀 순간이었네요.

여자 반

쉬는 시간 : 내가 괴롭힘을 당할 때, 친구들은 어떤 반응이었나요?

/ 219번째 사연, 19살 여자

같은 반 친구들은 오히려 그게 당연하다는 듯한 반응이었어요. 학교 폭력에 관한 교육을 몇 번이나 했지만 신고가 접수된 적은 없었고 누구도 저를 도와주려 하거나 제게 작은 위로조차 건넨 적 없었죠. 그저 다 똑같은 눈을 하고 똑같은 목소리에 똑같은 입 모양으로 비웃기만 했어요. 나중에 재판에서 아이들이 했던 말을 부모님을 통해 전해 들었는데, 아이들 모두가 그렇게 얘기했다더군요. 그 모든 일은 그저 장난이었다고.

4교시 / 가족

피디 왕따당했던 기억은 가족들에게도 참 많은 영향을 미쳤을 것 같아요. 같은 학교에 다니고 있는 형제, 자매 그리고 차마 이런 이야기를 나누기에는 어려움이 많았을 부모님. 다들 어떠셨어요?

민아 전 제 위로 6살 차이 나는 오빠가 있는데, 나이 차이 때문에 같은 학교에 다닌 적이 없어요. 오빠 말로는 "내가 너 괴롭히는 애들 다 혼내 줬다"는데, 정작 학교에선 변한 게 없잖아요. 개네가 진짜 혼났으면 나한테 그렇게 했을까요. 고등학생 오빠가 그렇게 혼내는데 솔직히 저 같으면 무서워서 못 건드렸을 텐데. 아무런 변화도 일어나지 않았던 걸

보면 사실 오빠가 나를 위해서 뭘 해 줬다는 건지도 모르
겠어요.

그때 가정사가 별로 안 좋았어요. 엄마랑 아빠랑 이혼하시
고 엄청나게 싸우고, 오죽하면 집에 날붙이 같은 건 다 갖
다 버렸어요. 가정에 기댈 수가 없었죠. 집에 가면 나보다
더 힘들어 보이는 부모님이 계시는데 괜히 그런 두 분한테
짐만 얹어 주는 거니까.

그냥 학교 끝나면 뒷산에 가서 혼자 놀다가 집에 들어가고,
집에다가는 친구랑 놀았다고 말하고 그랬어요. 그렇게 하
다 보니까 가족들은 반응이 없었어요. 뭐, 다 자기 살기 바
쁘니까.

희정 저는 가정 폭력도 당하고 살았었거든요. (울먹) 엄마는 알
코올 중독자였고요. 엄마는 늘 저에게 학교에 빠지지 말라
고 강요했어요. 제가 학교 폭력에 시달리고 있는 걸 아셨는
데도 저를 비난하고 욕하기도 했고요. 제가 당하는 게 덜떨
어졌기 때문이라고요. 제 옷과 몸에 남은 폭력의 흔적은 항
상 제 잘못으로 인해 생기는 거였고, 그게 다시 가정 폭력
으로 이어졌어요.

오빠 같은 경우는, 아까도 말씀드렸다시피 지적 장애를 가

여자 반

지고 있어서 더 괴롭힘당하기 좋은 타깃이었어요. 어느 날은 집에, (울먹이며) 오빠가 바지랑 팬티가 다 찢어진 채로 들어온 거예요. 그런데 저한테 누가 그랬다고 얘기를 못 해요. 맞고 오는 날이 그전에도 많이 있기는 했는데, 그날은 너무 심했어요.

나중에 다시 물어봤는데, 그때 이야기를 못 했던 이유가 "누구한테 말하면 날 죽여 버린대. 근데 아무도 나를 지켜 줄 수가 없잖아. 그리고 심지어 너한테도 그렇게 한댔어" 이렇게 말하더라고요.

그때 저도 따돌림을 당했지만 아무한테도 도움을 요청할 수 없다는 생각을 많이 했었거든요. 그런데 오빠까지 저한테 그런 소리를 하니까 왕따인 제 상황이 너무 비참한 거예요. 내가 만약에 친구가 많았더라면 오빠를 좀 더 지켜 줄 수 있지 않았을까. (입술을 깨물며) 그래서 그때 오빠한테 왕따 아닌 척하느라 되게 힘들었어요. 오빠한테 센 척 많이 하느라고요.

지영   저희 집도 되게 불안정했어요. 엄마는 엄마대로 힘들고 아버지는 아버지대로 힘들어서 싸우는 일이 잦았으니 평안하지는 않았죠. 그러다 보니까 뭔가 가족이라는 게 기댈 수 있고 힘이 되어 줄 수 있다는 생각을 할 수가 없어서 그냥 혼자 해결하는 게 맞다고 생각했어요.

어떻게든 혼자 해결해 보려고 노력했어요. 그러다가 중학교 때 애들한테 둘러싸여 있는데 갑자기 너무 무서워서 공황이 오더라고요. 발작을 하고 쓰러졌어요. 근데 엄마 아빠는 왜 그랬냐고 물어보지도 않고, 그냥 병원 진단서만 뚝뚝 끊고. 중학교 때 처음으로 학교에 빠지면서까지 정신과를 다녔어요. 진료를 보기 위해 엄마가 데려다주곤 했는데, 어느 순간에 화를 내시더라고요. 이렇게까지 다녔으면 됐지, 뭘 더 치료를 해야 하냐고요. 그때 저 자신을 놨어요. '부모님도 기다려 주지 않고 받아 주지도 않는데, 나는 어디로 갈 수 있을까. 누가 날 받아 주지?' 하는 생각이 들었어요. 의사 선생님도 그런 말씀을 하시더라고요. 제 안에는 제가 없대요. 정말 그런 거 같아요.

피디 그럼 혹시 지영 님은 그때 들었으면 좋았을 말이나 행동 같은 게 있었어요?

지영 그냥 "많이 힘들지? 괜찮아" 같은 그런 격려의 말 한마디. "학교 생활 잘하고 있니?"처럼 다독여 주는. 조금이라도 나에게 관심 있어 보이는 그런 말 한마디였으면 달라지지 않았을까.

주연 전 사실 되게 화목한 집에서 자랐어요. 근데 어느 순간 부모님께 "우리가 좋은 형편에서 낳아 줬고 좋은 환경에서 키워 줬는데 너는 왜 이렇게까지 힘들게 사는 거니"란 말을 되게 많이 들었어요. 어느 날 학교에서 정말 큰 사건이 있어서 부모님이 불려 오셨던 적이 있는데, 그때 저한테 화를 엄청 내셨어요. 그리고 집에서 매일 울고 있으니까 엄마는 "넌 왜 맨날 우니. 네가 못 이겨 내는 거야. 엄살 피우지 마" 이렇게 말씀하시는 거예요. 지치셨겠죠, 당연히. 그때는 나도 내가 미웠는데 엄마라고 그런 내가 안 미웠을까, 싶더라고요.

이런 일들이 사촌들 귀에 들어가서 "쟤 되게 불쌍하다"는 식으로 이야기가 많이 나오기도 했고. 저랑 2살 차이 나는 동생이 있는데, 그때 학교를 같이 다녔어요. 근데 걔가 제 교실 앞을 찾아오면 그게 너무 싫었어요. 내 비참한 꼴을 보이는 게. 걔는 친구도 많았던 애여서. 걔가 체육복 같은 거 빌리려고 우리 반에 찾아오면, 괜히 "내가 갖다 줄 테니까, 너는 여기 오지 마"라고 하고. 동생한테도 괜히 더 많이 못되게 굴었어요.

가연　그 당시에는 이런 얘기를 안 했어요. 일단 담임 선생님은
　　　집단 따돌림에 관심 없는 분이셨어요. 그래서 내가 부모님
　　　께 얘기해 학교에서 일이 커지면, 그게 잘 끝날 거란 생각
　　　이 안 들었어요. 노는 애들한테 돈 빌려주는 담임이라니,
　　　말 다 한 거죠. 애초에 학교가 내 편이 아닌 느낌이었어요.
　　　부모님께선 그냥 저를 학교에서 좀 소극적이고 잘 못 노는
　　　애 정도로만 생각하셨어요.
　　　중학교 들어가고 친구들이 생기면서 상황이 나아질 즈음,
　　　부모님과 대화하다가 무심코 제가 예전에 왕따였다는 얘
　　　기를 하게 됐죠. 그때 부모님께서 "왜 그때 말을 안 했냐.
　　　말이라도 했으면 뭐라도 하지 않았겠냐"라고 하시면서 굉
　　　장히 놀라셨어요. 이번에 촬영한다는 사실도 부모님께 알
　　　리니까 어머니가 무척 화를 내시더라고요. "나한텐 아직도
　　　널 괴롭혔던 아이들이 뼈째 씹어 먹어도 시원찮은 애들이
　　　야. 나는 너 그때 그렇게 만든 애들 생각하면 아직도 가슴
　　　이 벌렁거려"라고 말씀하시면서 굉장히 속상해하셨어요.
　　　저에겐 과거지만 엄마에겐 평생 지고 가는 멍이더라고요,
　　　그 시간이.

희정   모두 제 잘못이라고 생각하기도 했고. 원래 자기 잘못을 크게 얘기하기 쉽지 않잖아요. 그래서 더 주변분들이나 가족한테 도움을 잘 요청하지 못했던 것 같아요.

점심시간／왕따가 되기 전의 나

피디   왕따를 당하기 전의 나는 어떤 아이였나요? (웃으며) 궁금
     해요.

다들 살며시 미소 짓는다.

민아   저는 왕따를 당하기 전에는 귀도 잘 들리고 성격도 나름대
     로 밝은 편이어서 친구가 조금 많았어요. (웃음) 오죽하면
     전학 갈 때 애들이 울면서 선물 주고 편지를 써 줬을까요.
     전학 가기 전에는 애들이랑 술래잡기하고, 경찰관 놀이하
     고, 교실 바닥에서 공기놀이하고, 그렇게 지냈었거든요. 그
     때는 되게 밝았어요. '왕따를 당하지 않았더라면 더 활기찬

성격일 수 있었을 텐데' 이런 생각도 많이 들어요.

가연 저는 왕따를 당하기 전과 후가 반대였던 거 같아요. 아기 때긴 하지만 별명이 '여장부' 아니면 '조폭 마누라' 이런 거였거든요.

다들 웃는다.

가연 신발주머니 굴리고 다니고, 남자애처럼 털털하게 놀고, 자기주장도 할 줄 알던 아이였고요. 저는 기억이 잘 안 나는데, 엄마랑 유치원 때 얘기를 하다 보면 항상 듣던 말이 "너는 그때 당차고 잔망스럽고 네 할 말도 잘 하고 그런 애였는데, 어쩌다가 초등학교 가서는 그렇게 기가 죽어 버렸니"였어요. 굉장히 많이 바뀐 것 같긴 해요. 싫으면 "싫어" 좋으면 "좋아" "나는 이거 할래"가 있었는데 지금은 그런 말을 하는 게 쉽지 않죠.

희정 저는 워낙 성격이 활발해요. 뛰어다니는 거 좋아하고, 높은 데 매달리고, 다시 뛰어내리고 하는 거 있잖아요. 되게 좋아하거든요. (웃으며) 지금도 놀이 기구는 다 잘 타요.

그 일들을 겪고 난 이후에는 그걸 많이 참았어요. 근데 지금 다시 터졌어요. 저도 진짜 저를 잃기 전까지는 '여장군' 이런 소리 좀 많이 들었거든요. 뛰어다니고, 목소리 크고, 노는 거 좋아하고. (웃으며) 그랬었죠, 뭐! 지금 다시 진행 중입니다.

주연 저도 되게 당찼던 편이에요. 나서는 걸 좋아했어요. 그렇게 되기 전까지만 해도 춤추는 거 좋아해서 친구들이랑 장기 자랑 때마다 춤추고. 애들 웃기는 것도 잘하는 사람이었고요.

지영 저는 부끄러움은 많이 탔지만 사람들을 좋아해서 어울리는 것도 좋아했었어요. 뭐든 해 주는 거 좋아하고, 나눠 주는 거 좋아하고. (웃으면서) 아, 그래서 애들이 호구로 봤던 건가?

모두 웃음을 터트린다.

5교시 / 어른이 된 왕따

피디 다섯 분은 어떤 어른이 되셨나요? 소외당했던 기억은 어른이 되어서도 트라우마로 남아 현재의 삶에 영향을 미치기도 하잖아요. 음, 다시금 버림받을 것 같은 불안함? 관계를 맺는 것에 대해 늘 자신감이 부족하고. 하지만 어쨌든 우리는 살아가고 있으니까요. 이런 트라우마를 계속 마주하며 살아오신 여러분만의 이야기를 들려주세요.

민아 저를 포함해 4명 이상이 모이는 자리에서는 말수가 적어져요. 대화에 끼기 힘들고, 그나마 잘할 수 있는 건 다들 웃을 때 따라 웃는 것 정도⋯⋯.
누군가랑 친해지는 방법을 아직도 잘 모르겠어요. 지금 있는 친구들이랑 어떻게 친해졌는지가 기억이 안 나요. 그리고 누군가를 만나고 집으로 돌아갈 때, 항상 그날 나의 언행을 복기해요. '그런 말은 하지 말걸' '그렇게 행동하지 말걸' 이런 식으로 후회해요. 이미 돌이킬 수 없는 걸 아는데도 그렇게 돼요.

혹시 영화 〈우아한 거짓말〉 보신 분 계실지 모르겠는데, 왕따를 당해서 결국 죽음을 선택한 여자애 이야기거든요. 그걸 보면서 처음부터 끝까지 계속 울었어요. 눈물이 너무 나는 거예요. 다 내 얘기인 것 같고. 차마 엄마한테 힘들다고 말하지 못하는 모습과 애들 사이에서 따돌림당하는 모습, 크게 도움이 되지 않았던 언니랑 오빠도 생각이 나서 너무 슬퍼 엉엉 울었어요.

사실 트라우마랑 제대로 마주하는 삶을 사는 것도 아닌 것 같은데… 그냥 별일 없이 계속 이렇게라도 살았으면 좋겠다, 그래요.

희정　전 수면 장애가 왔어요. 2~3일을 못 자고 불면증에 시달렸다가, 다음 2~3일은 내내 자는 게 20대 중반까지의 일상이었어요. 잠이 부족하지 않은 날에도 길을 걸어가다가 혹은 집에 있다가 갑자기 시야가 검은색으로 좁아지며 쓰러져

자고요. 불면증과 동시에 기면증이 온 거죠. 한번은 밖에서 쓰러져 큰 병원 응급실에 갔는데 검사 후 정신과에 가 보라고 하더라고요. 신체적인 문제는 없는데 정신적인 문제가 있을 것 같다고요.

정신과에 갔더니 보통은 불면증이나 기면증 둘 중 하나만 걸리는데, 몸이 스스로 살아남기 위해 2가지 증상을 혼합시켜 둘 다 걸리게 된 형태라고 말씀해 주셨어요. 약으로 낫기도 어려워서 제가 가진 문제나 스트레스를 풀어 버리고 해결하는 것만이 가장 좋은 방법이라고 하시더라고요. 주로 상담을 많이 했어요. 처음이었어요. 저의 아픈 과거를 토해 내듯이 쏟아 내며 울었던 날이.

그 후, 확실히 수면의 질이 달라진 걸 느꼈어요. 증상이 완전히 낫지는 않았지만요. 항상 혼자서 자책하고 울분을 삭이며, 밤새 흐르는 눈물과 이런저런 생각에 잠을 자지 못했던 날들. 의사한테 이런 얘길 했더니 그건 자학하는 거라고 하더라고요. 그런 생각이 들 때면 차라리 재미있는 것을 해 보라고 하셨어요. 그래서 잡생각이 많아 힘든 날은 컴퓨터 게임을 하거나 소설책을 읽으면서 그걸 잊으려고 했어요. 한동안 게임이랑 소설책에 푹 빠져 살면서, 자학하는 건 많이 줄었던 것 같아요.

여자 반

그래도 아직 힘든 게 있다면, 사람들 앞에서 얘기할 때 눈물부터 나는 거예요. 목소리도 떨리고. (웃음) 내가 이야기를 하면 아, 사람들이 나한테 너무 관심을 갖진 않을까, 야유를 하진 않을까, 이게 참 두려워요.

가연 저는 예스맨이 되어 버렸어요. "너 이거 할 수 있어?"라고 누가 물으면 "어어, 나 할 수 있어. 나 다 할 수 있어. 괜찮아, 괜찮아." 또 "나 이래서 이랬는데 괜찮아?"라는 말에도 "그럼, 괜찮아, 괜찮아." 거절을 할 수가 없어요. 의식해서 그런 게 아니라 자동 반사적으로 나오는 거라 스스로 힘들게 일할 때가 많았어요.

그리고 내 색깔이 없다는 느낌을 항상 받아요. 다른 사람들과 지내면 잘 맞춰 주고 둥글둥글하다는 말을 듣는데, 막상 혼자 있으면 내가 어떤 색의 사람인지, 뭘 좋아하고 싫어하는지 등 나에 관해 아무것도 모른다는 생각이 들 때 힘이 빠지죠. 무색도 색이라고 생각하며 지내다가도 어떤 때는 나 자신이 참 공허하다고 느껴요.

그리고 항상 무슨 일이 터지면 다 내 탓인 양 자책 먼저 하는 거. 갑자기 친구한테 연락이 안 오면 그게 어느새 내 탓이 되어 있어요. '아, 그때 내가 이렇게 이야기해서 그러나?' 기-승-전-자책. 나는 불행의 아이콘. 성인이 된 이후에도 남자친구나 주변 친구들이 "너는 너무 자책한다" "너 생각보다 그렇게 잘못하지 않았어"라고 말해 준 적이 많았어요.

계속 그렇게 살았는데, 언젠가 공부하다가 갑자기 '내가 왜 이러고 살아야 하지?'라는 생각이 드는 거예요. '초등학교는 이미 나에게 너무 작아져 버렸는데, 나는 왜 여전히 13살에서 못 벗어나는 거지? 그래, 이 정도면 됐다. 이 정도 나를 갉아먹고, 이 정도 아파했으면 됐다. 수고했다. 나 좀 고생했네.' 이렇게 생각하면서 좀 놓으니까 전보다는 확실히 저 자신을 바라보는 일은 편해지더라고요. 뭔가를 안 걸치고 있는 느낌?

지영 사람들 시선이 저를 향하는 게 무서웠어요. 다시 그때로 돌아가 버려요. 앞에 나가서 발표를 하는 자리에 서거나 주목을 받으면 폭력을 당했던 기억이 떠올라서 경기하듯 벌벌 떨고 아무 말도 못 하게 돼요. 멈춰 버려요. 사람들이 많은 곳에 가도 비슷해요. 많은 사람이 갑자기 나를 공격할 수도 있다 싶고, '이미 속으론 나를 욕하고 경멸하고 있을 거야'라는 생각이 들어요.

여자 반

흔히 '대인 기피증'이라고 하죠. 사람들 속에 있는 것이 너무나도 두려워서, 공황이 오고 쓰러지기도 해서 대중교통은 이용하지 않아요.

지영이 입술을 만지며 계속 말을 이어 간다.

지영 전 아직도 우울증과 싸우고 있고, 불면증으로 힘들어하고 있어요. 수면제의 도움으로 잠은 자지만, 거의 매일 악몽을 꿔요. 꿈에서 저는 왕따당했던 일을 다시 겪어요. 그 괴로움에 너무나도 힘들어 '이러다 죽겠다' 싶을 때 잠에서 깨요. 잠에서 깬 후에도 너무 괴로워 죽을 것 같아서 정신이 희미한 상태로 유서도 몇 번 썼어요.
그런 걸, 이제 그냥 안고 살아가고 있어요. (웃으며) 그러면서도 이제 없어졌던 나를 찾고, 그걸로 다시 살아 보려고 저를 잘 가꿔 가는 중이에요. 저는 지금 파티시에로 일하고 있는데, 제가 만든 케이크를 드신 손님이 그걸로 인해 조금이라도 행복을 느끼셨으면, 그 행복감이 손님에게 조금이라도 세상 살아갈 힘을 주었으면 좋겠다는 마음으로 일하고 있어요.

피디 행복해하는 손님들을 보면서 지영 님도 행복한가 보네요.

지영 (생각하다가) 제가 만든 걸 혼자 드시든, 다른 분과 나눠 드
시든 그걸 먹고 웃으실 때 비로소 '내가 원하는 걸 해냈구
나'라는 생각이 들긴 해요.

주연 전 일단 낯을 굉장히 많이 가리게 됐어요. 사람 눈을 잘 못
보게 되기도 했고요. 눈을 쳐다보면 "째려본다"는 얘기를
많이 들었거든요. 눈치도 되게 많이 보게 됐어요. 어떤 면
에서는 편리하지만, 항상 눈치를 보고 살아야 하니까 괴롭
기도 해요.

또, 친구들에게 괜히 신경을 더 많이 쓰면서 뭘 많이 주게
되는 편이에요. 거절도 별로 잘하지 못하고요. 항상 조심
하고 있지만, 혹시나 그 친구들이 나를 떠나지는 않을까
하는 마음에 자꾸만 물질적인 거라도 주게 되는 것 아닌가
싶어요.

일에도 집착하고 있어요. 제가 쓸모 있는 사람인 걸 확인하
고 싶어서요. 그게 좀 과도해서 몸이 아프거나 제 생활을
잃고는 해요.

또, 학창 시절에 더럽다는 얘기를 많이 들어서 무슨 일이

여자 반

있어도 하루에 한 번은 씻어야 해요. 한편으로는, 꾸며 봤자 얼마나 예뻐지겠나 싶어서 저를 꾸미는 일을 모두 포기했어요. 그 모든 게 너무 아깝게 느껴져서, 지금도 잘 꾸미고 다니지 않아요.

그 밖에도 왕따 관련 글이나 영상만 봐도 숨을 잘 못 쉬어요. 지금도 많이 웃으면 과호흡이 오기도 하고요. 사람 많은 곳은, 가면 좀 어렵긴 해요. 다 날 쳐다보는 것 같아서요. "걸레"라든가 "오크" 같은 말이 나오면 그 말들이 날 향한 것 같아서 일단 돌아보게 되고. 그냥 모두가 날 쳐다보는 것 같은 느낌을 받곤 해요.

그래도, 그때 거기에는 머물러 있고 싶지 않아요. 거기 머물러 있는 게 그때의 나한테도 너무 미안하고, 주변에서 응원해 주는 사람들한테도 너무 미안하고. 그래서 지금은 괜히 사람들 앞에 더 나서서 얘기도 하고. 학교에서 뭐, 멘토 활동 이런 것도 하면서 소외될 수 있는 친구들이랑 놀러 다녀요. 길거리 상담도 하고요.

피디 혹시 길거리 상담하시면서 기억에 남았던 이야기가 있으셨어요?

주연 아….

주연은 미소를 짓는다.

주연 왕따와 관련된 이야기는 굉장히 많은데, 한번은 어떤 남자
애랑 대화를 나눴어요. 손에 흉터가 엄청 많더라고요. 근데
그게 다 담배빵을 당한 흉터였어요. 그걸 한 번도 가족들한
테 보여 준 적이 없대요. 그 얘길 듣고 처음엔 의아했어요.
'어떻게 그걸 못 보지?' 생각하면서 얘기 들어 주고, 저도
제 얘기를 공유했죠. 그러다 둘 다 펑펑 울었어요. 마지막
에 그 애가 저한테 얘기한 게 "제가 살 수 있게 해 주셔서
감사합니다." …… 그날을 인생 마지막 날이라 생각했다고
하더라고요. 그냥 그날 그 아이가 제 눈에 띄었을 뿐인데.
그 친구는 '오늘 여기서도 내 편이 없으면 난 사라져야겠
다'고 생각했다고 하더라고요.
그 얘기를 듣고 나서, '내가 좀 힘들어서 대충 들어 줬으면
큰일 났겠다' 싶은 생각이 들었어요. 되게 아이러니한 게,
그 왕따를 당했던 시간이 정말 괴로웠지만 어떤 면에서는
날 정말 강하게 만들어 주고 아픔을 겪는 이들을 공감할
수 있게 해 준 것 같아요.

잠시 침묵이 이어진다.

가연 저는, 아⋯ 남자친구가 보면 안 되는데. (웃음) 지금 만나고
있는 남자친구가 있는데 술을 먹다가, 둘이서 술을 먹다가
살짝 취기가 오른 거예요. 제가 갑자기 울컥해서 말을 '다
다다-' 이렇게 해 버렸어요. 이게 딱 터지면 멈출 수 없는
거 아시잖아요.

모두 웃는다.

가연 그때가 사실 얼굴 본 지도 그렇게 오래되지 않았던 때여서
약간 말하고 나서 아차, 했거든요. '아, 잘못 말했다. 어떡하
지. 이걸 내가 어떻게 수습해야 하지. 큰일 났다.' 이러고
막, 말을 뱉고 정신이 번쩍 든 상태였는데 남자친구가 "그
렇게 힘들고 외롭게 지냈는데 이렇게 잘 커서 나 만나 줘
고맙다"라고 하는 거예요. 그 말은⋯ 제 주변에 있는 모든
사람들 중에서 처음으로 그런 말을 해 준 거죠. 진짜 펑펑
울었어요.

민아 전 다 크고 나서 온라인 게임에서 만났던 한 언니한테 왕

따였던 기억에 대해 이야기했었어요. 같이 게임하다가 자려던 참이라, 카톡으로 잠이 안 온다고 하니까 언니가 왜 그러냐고 물어봤어요.

그래서 언니한테 예전 이야기를 다 했더니, 언니가 저보고 "나 같으면 진짜 힘들어서 너처럼 못했을 것 같다. 버텨 줘서 고맙다"고 하는데, 그게 너무…. 제가 들었던 위로의 말 중에서 제일 크게 와 닿았어요.

희정   사실 어릴 때는 20살이 넘고 어른이 되고 나면 이 문제를 다 해결하고 그냥 남들처럼 평범하게 살 수 있을 거라는 생각을 많이 했어요. 근데 막상 20살이 넘었는데, 또 저 자신은 거기에 멈춰 있는 거예요.

나는 여전히 무기력하고 쓸모없고, 남들은 대학 가고 자기 꿈이 있어서 과도 정하는데. (눈물을 닦으며) 그때 그 옆에서 많이 답답해하면서 지인들이 혼내는 식으로 말을 많이 해 주었거든요.

그때 정말 와 닿았던 말 중 하나가 "너 이제 좀 그만해. 너 할 수 있는 거 많고, 잘하는 것도 있고, 너 충분히 괜찮은 사람이야. 너 범죄 저질렀어? 잘못했어? 넌 잘못 없잖아. 근데 너는 자신을 너무 소중하게 대하지 않아. 너, 꿈이 평

      여자 반

범하게 사는 거였다며. 네가 지금이라도 그 꿈을 위한 시작을 했으면 좋겠어"였어요. 그 말이 저를 많이 되돌아보게 해 준 계기였어요.

쉬는 시간 : 어른이 된 지금, 왕따였던 기억이
나에게 어떤 영향을 미치고 있나요?

/ 348번째 사연, 23살 여자

늘 저에게서 나는 냄새에 민감해요. 사람들과 대화할 때 제대로
마주 보고 얘기하지 못해요. 주변 사람의 눈치도 많이 보고
누군가가 키득거리며 말을 하거나 저를 잠깐이라도 쳐다보는 것
같으면 절 욕하는 것처럼 느껴져요. 내가 혼자 착각하는 거라고
스스로 되뇌면서도, 자꾸 위축돼 버려요. 현재는 많이 극복했지만
아직도 그런 트라우마가 남아 있어요.

/ 82번째 사연, 33살 여자

무리 지어 어울리는 것을 좋아하지 않게 되었습니다. 무리
속에서는 어느새 나도 모르게 은근한 따돌림을 가하는 가해자가
되어 있을지도 모른다고 생각해요. 무리와 동떨어져 갈 길을
가는 개인에게 관심이 갑니다. 예전의 저 같아서요. 그리고
친구를 사귀는 기술이 부족해지니 인간관계가 좁고 한번 사귄
친구들을 깊게 사귀게 되었습니다.

여자 반

/ 38번째 사연, 17살 여자

고등학교에 올라온 지금도 사람들의 시선이 너무나 신경 쓰이고
무언가를 하기도 전에 '쟤가 날 이렇게 생각하면 어떡하지' '날
미워하면 어떡하지'라는 생각부터 해요. 아직도 사람이랑 닿으면
저 사람이 어떤 표정을 지을지 무섭고요.

6교시 / 우리에게 필요한 것

피디   만약 그 당시로 돌아간다면?

희정   (웃으며) 윽, 생각하기도 싫어요.

피디   그런 반응도 너무 좋은데요.

다들 부드러운 미소를 짓는다.

피디   나한테 어떤 말을 해 주고 싶다 혹은 어떤 행동을 하고 싶
       다? 저는 걔네한테 "하지 마!" 이렇게 소리 지르고 싶어요.
       항상 상상만 하다가 결국 못 했으니까. 혹시 그런 게 있으

신지, 없다면 정말 생각도 하기 싫다, 이렇게 얘기하셔도 됩니다.

희정　저, 하고 싶은 말은 있어요. "자격증 따라, 공부해라, 희정아." 왜냐하면 사실 주변 어른들의 편견이나 사회적인 인식 자체가 '왕따당하는 아이에게 문제가 있다'는 거잖아요. 많은 부모님들도 그렇게 생각하고요. "뭐, 괴롭히는 아이도 물론 나쁘지만, 왕따당하는 애한테도 당하는 이유가 있을 거다. 너한테 문제가 있을 거다." (웃으며) 너무 20년 전 얘기인가요.

민아　저 때도 그랬어요.

지영　자격증을 따라!

다들 웃는다.

희정　할 수 있다! (웃음) 얘기해 주고 싶어요.

지영　저도 "너를 잃지 마라" 이 얘기는 해 주고 싶어요.

희정 베이커리 자격증을 따라!

피디 사실 그 상황이 되면 모든 걸 내려놓게 되고 하고 싶었던 것도 사라지잖아요.

희정 자존감이 낮아져서 시작하기 전에 많이 두려워했던 것 같아요.

가연 (고개를 끄덕이며 작은 목소리로) 맞아요.

희정 막상 해 보면 별거 아닌데.

지영 지영아, 너 자신만은 놓지 마라. (웃음)

민아 저는 그때로 돌아가면 오빠 따라서 태권도랑 유도를 배울 거예요. 그래서 고3 때 걔네를 만나면 "그때 네가 나한테 그랬지? 네가 나 괴롭힌 거, 나 다 기억해" 이렇게 말하면서 혼내 주고 싶어요. 그렇게만 해도 사실 마음은 많이 풀릴 거예요. 계속 기억이 나요. 그때 마주쳤을 때 필사적으로 모르는 척했던, 그런 비루한 내가 참 안타깝죠.

주연 진짜 맘 같으면 한 대 때리라고 하고 싶은데.

모두에게서 웃음이 터져 나온다.

지영 난 때리든 같이 싸우든.

또다시 모두 웃는다.

가연 맞아요! 진짜 싸우라고 하고 싶어요. "어차피 걔네도 동갑이야, 한대 쳐! 끽해야 선생님한테 불려가서 반성문 쓸 거야." 근데 막상 또 돌아가면… 어쨌든 그런 꿈을 꾸면 되게 행복할 거예요. (웃음)

지영 소리 내라고 말하고 싶어요. 내가 아프다, 내가 힘들다, 어느 누구한테든 꼭 소리를 냈으면 좋겠어요. 주위에 말할 사람이 없으면, 지나가는 사람 붙잡고서라도 나 이러이러해서 힘든데 같이 울어줄 수 있겠냐고, 그렇게라도 한 번쯤은 털어 내고… 그냥 그렇게 했으면 좋겠어요.

주연 자책하지 말라고 말해 주고 싶어요. 왕따를 당할 만한 사람

여자 반

이라는 건 사실 존재하지 않잖아요. "너는 당할 만했지"라고 하면 따박 따박 얘기해 주고 싶어요. 왕따당해도 되는 사람이 어디 있냐고. 사실 상식적으로는 다 알고 있지 않느냐고. 그러면 조금이라도 마음을 돌리는 사람이 생기지 않을까 싶어요.

가연 진짜 힘들겠지만 잠 잘 자고, 밥 잘 먹고, 그냥 심심하면 버스 타고 동네 한 바퀴를 돌든지 그랬으면 좋겠어요.

희정 (고개를 끄덕이며) 그냥 행복했으면 좋겠어.

피디 사실 그게 저희가 여기에 모인 이유 중 하나죠. 지금 학교에 있을 10대에게 해 주고 싶은 이야기 혹시 있으세요?

아무도 쉽게 나서지 않는다.

희정 이게 되게 어려워요. 왕따 캠페인도 많이 했잖아요. 근데 현실적으로 전혀 와 닿지도 않았고.

모두 고개를 끄덕인다.

희정　가해자들한텐 그 당시가 순간이었겠지만, 저는 10년, 20년을 무기력하게 흘려 보낼 수밖에 없는 고통을 겪은 거잖아요. 돌이켜 보면 그 시간이 너무 아까워요. 나는 할 수 있는 것도 많았고, 다른 사람들이랑 똑같이 맛있는 거 먹으러 다니고 놀러 다닐 수 있었는데. 내 나름의 추억을 쌓고 내가 좋아하는 것도 입고 여러 활동도 할 수 있었는데. 왜 그동안 그렇게 무기력하게 살았을까, 그게 너무 아깝거든요. 아깝지 않게 살았으면 좋겠어요.

지영　똑같은 왕따를 겪었다고는 하지만 그 상처의 깊이는 제각각 다 다르기에 "나도 왕따를 당해 봤으니까 잘 알아" 같은 말은 함부로 못 하겠어요. 그래도 같이 나눌 수 있고 울어 줄 수는 있다고 말해 주고 싶어요. 어른이 된 우리는 이렇게 버티며 자라 여기에서 서로를 토닥이고 있으니, 그 아이들도 미래에 커서 그래 줬으면 좋겠고요.

주연　진짜 버텨 줘서 고맙다는 말, 항상 너무 듣고 싶었던 말이라서 그 말 꼭 해 주고 싶어요. 버텨 줘서 고맙고, 사실은 막 버티려고 노력하지 않아도 괜찮고, 힘들 때 좀 울면 어떻고 웃길 때 웃으면 어떻고. 남들이 뭐라고 하는 게 어때요. 그 사람들 다 지나갈 사람들인데. 진짜 그냥, 두려워하지 않았으면 좋겠어요. 굉장히 고통스럽지만, 그 시간이 지나고 나면 그 사람들은 정말 아무것도 아니니까. 모르는 사람들이 되어 있을 수도 있는 거니까.

희정 근데 지금 당장 문제를 겪고 있을 때는 그 문제가 제일 크게 느껴지잖아요. 지금 나한테 보이는 것만이 전부라고 생각하고요. 절대 그게 전부라고 믿지 않았으면 좋겠어요. 진짜 세상은 넓고, 우리는 이미 빠르게 시련을 겪어 봤기 때문에 더 빠르게 성장할 수 있고, 남들보다 생각을 더 깊이, 한 번 더 할 수 있는 거라고, 저는 생각하거든요.

지영 시련이 이렇게 빨리 오다니.

민아 날 괴롭히는 애들이 하는 말을 곧이곧대로 받아들이지 않았으면 해요. 걔네 입장에서는 그냥 깔보고 무시하고, 얼마나 쉬워요. 근데 나를 존중하면서 스스로를 소중하고 가치 있는 존재로 받아들이는 건 사실 좀 어렵잖아요. 그래도, 어려워도 계속 시도하고 시도해서 '지금처럼 숨 쉬고 있는 것만으로도, 태어난 것만으로도 난 가치 있는 사람이구나'

하고 생각했으면 좋겠어요. 너무 위축되지 말았으면 좋겠고. 어쨌든 살다 보면 해 뜰 날은 오니까.

모두 빵 터진다.

민아 되게 애늙은이 같은 말이라.

지영 (두리번거리며) 어디 보자, 해가 떴나?

가연 사실 좀, 괜히 잘못 얘기했다가는 말씀하신 것처럼 그냥 그 친구들의 힘들었던 시절을 내가 말 하나로 재단해 버릴 수도 있는 거니까. 음…… 우리의 이런 상처가, 어떻게 보면 남이 내 하얀 도화지에 얼룩을 묻힌 거잖아요. 근데 그 얼룩이 내가 잘못해서 튄 거라고 생각하지 않았으면 좋겠어요. 그리고 그 도화지에 얼룩이 조금 튀었다고 해서 전체를 다 구겨 버리지 않았으면 좋겠어요. 그렇게 되면 너무 마음이 아플 것 같아요.

피디 우리와 같은 일을 겪고 있을 10대에게 그럼 진짜로 필요한 건 무엇일까요?

민아   제일 필요한 건 방관하는 애들이 가해자한테 "하지 말라"
　　　　고, "그건 못된 짓"이라고 말해 주는 거? 그러면 좋겠어요.
　　　　가해자가 없어지는 건 사실 불가능하다 싶어서요. 문득 생
　　　　각이 드는 게, 어렸을 때 인성 교육 잘 받는 게 진짜 중요하
　　　　다 싶어요.

　　　　여기저기서 웃음이 터져 나온다.

희정   인정.

가연   진짜 인정.

민아   사실 하지 말라고 가르쳐야 애들이 안 할 텐데, 막 뻔뻔한
　　　　부모도 있잖아요. "애들이 놀다가 그럴 수도 있지"라고 하
　　　　는 부모 때문에 더 심해지는 거죠.

희정   근데 정말 방관자 입장에서도 "저건 분명히 잘못된 거고
　　　　벌을 받아야 할 일이야"라고 말할 수 있는 기준이 생겨야
　　　　나설 수 있지 않을까 싶어요. 모호한 기준을 그대로 두고
　　　　간다면 친구들과 무리 없이 잘 살고 있는데 굳이 나서고

싶지 않겠죠. 내 삶이 잘 유지되고 있는데 괜히 나섰다가 어떻게 바뀔지 모르잖아요. 두려우니까요.

가연 도박이죠, 거의.

희정 네, 그렇죠. 그런 도박에 빠지고 싶지 않잖아요. 우선 제도가 잘 잡혀야 그게 정말로 잘못된 거고 문제라는 걸 알게 돼서, 선생님이든 방관자든 나설 수 있는 환경이 되지 않을까요. 그리고 가해자들은 되게 뻔뻔하잖아요. 종종 유명한 연예인이나 아이돌도 학교 폭력 가해자인데 TV에 나오기도 하고.
지금 환경에서 친구들이 '내가 할 수 있는 게 뭘까'라고 생각해 보면서 옳은 선택을 했으면 좋겠어요. 바른 선택, 좋은 선택. 나중에 내가 더 나이를 먹고 평범하게 살아갈 때, 나를 되돌아봤을 때 '나는 힘들게 살아왔지만 그래도 남들한테 피해는 주지 않았구나. 내가 그나마 바른 선택을 하고 옳은 선택을 했기 때문에 떳떳할 수 있구나' 이런 생각을 할 수 있도록 바로 지금 제대로 된 선택을 해야 한다는 사실을 알았으면 좋겠어요.

쉬는 시간 : 그때 진짜로 우리에게 필요했던 건
무엇이었을까요?

/ 95번째 사연, 25살 여자

왕따에서 벗어나고 싶어서 엄마한테 말한 적이 있어요. 당장
학교에 전화해야겠다고 하시더라고요. 말리느라 진땀 뺐죠. 일이
커지면 제게 돌아오는 괴롭힘도 커질 거라는 걸 알았거든요.
한번은 엄마가 우리 반에 피자나 햄버거를 쏘기도 했죠. 그런데
바뀌는 건 없었어요. 아무래도 그때 제게 필요했던 건 어른의
손길은 아니었던 것 같아요.

따돌림당하던 시절에 정말 안심했던 적이 있었어요. 비가 많이
오던 날 저한테 우산을 같이 쓰고 가자고 한 친구가 있었는데,
그날 한 우산을 쓰고 함께 하교하면서 '나를 아무렇지 않아 하는
사람도 있구나'라는 생각을 했던 것 같아요. 그리고 청소 당번이
되어서 둘이 청소하는데 아무렇지 않게 나에게 일상 얘기를
하고 농담을 던지던 친구도 있었어요. 지금 생각해 보면 저한테
필요했던 건 나를 아무렇지 않아 하는 태도였던 것 같아요.
'나랑은 다르지만 저런 애도 있구나' 하는 무심함, 그 정도의
태도요. 말로 설명하기는 어렵지만, 가끔 그런 상황 속에서 저는
안도하곤 했어요.

여자 반

/ 4번째 사연, 27살 여자

말 한마디. "네 잘못이 아니야"라는 단 한마디.

/ 226번째 사연, 18살 여자

끝까지 나를 도와주는 친구 1명 혹은 내 고민을 들어 주는
선생님이나 부모님 같은 현명한 어른 1명. 그것도 아니라면
다정한 포옹 한 번.

7교시 / 내가 꿈꾸는 나의 미래

피디 마지막 7교시입니다. 여러분이 어떤 미래를 꿈꾸고 있는지 들어볼 수 있을까요?

지영 한 바퀴 돌면 되겠네요.

주연 소외된 사람들을 위해 일하고 싶어요. 지금 학교에서는 사실 외국인 친구들이 제일 심하게 소외되는 편이에요. 대부분 중국이나 몽골 혹은 우즈베키스탄에서 온 친구들? 교환학생으로 우리나라에 왔는데 단톡방에도 초대를 못 받고, 한국말을 배워 가기도 힘들고요. 서울에 뭐가 있는지도 몰라요. 그런 애들이랑 같이 놀러 다니곤 해요. 알고 보면 다들 유쾌하고 재미있는 친구들이거든요. 그냥 소외되는 사람이 없는, 적어도 그들이 덜 불편한 세상을 만드는 걸 돕고 싶어서 계속 내가 할 수 있는 일을 찾아보는 것 같아요.

민아 사실 이렇게 인터뷰를 하는 것만으로도 저는 용기를 낸 거거든요. 아직도 그 애들과 같은 동네에 살고 있으니까 그때처럼 마주칠 가능성도 커서, 뭐랄까… 무서워하지 않는 내가 됐으면 좋겠다? 그렇게 생각하고 있고요.

학교 같은 경우에는 학교 폭력 예방을 위해 제도적으로 여러 가지를 시행하고 있는데 그중에 창틀 있잖아요. 그런 게 실수로 사람이 떨어지는 걸 예방하는 것도 있지만, 학생들의 자살을 막으려는 의도도 있다고 하더라고요.

이런 물리적인 장치도 좋지만 좀 더 심리적으로 도움을 주는 장치가 생겼으면 좋겠어요. 상담이라든가, 학급 내에서 단합을 이루기 위한 행사라든가요. 인식 개선이 아마 제일 중요하지 않을까 싶기도 하고요. 그래서 전 앞으로 이런 콘텐츠가 만들어진다면 계속 참여하고 싶어요. 말하다 보니까 횡설수설하네요.

피디 괜찮아요. 앞으로 이런 콘텐츠를 만들게 될 때마다 잘 부탁

여자 반

드리겠습니다.

모두 크게 웃는다.

가연 저도 공감해요. 학교 폭력이 학교 안에서 일어나는 일이니까 사실 학생이 제일 먼저 눈을 돌릴 가까운 데는 '위클래스Wee Class(학교 안에 설치된 상담실. 친구 관계나 진로 등 다양한 고민을 상담 선생님과 나눌 수 있는 소통 공간)'나 담임 선생님 등 한정되어 있잖아요. 근데 돌이켜 보면 제가 중학교 때 '누가 어디서 상담을 받았는데 이러저런 내용이더라' 같은 말을 들은 적이 몇 번이나 있어요. 이런 이야기가 누설되어 버리면 정말 내 학창 시절은 끝나는 거잖아요.

보안 대책이 이미 마련되어 있긴 한데, 아무래도 구색만 갖추고 있다는 느낌이 들어서 조금 더 내실 있게 해 줬으면 좋겠어요. 만약 선생님이나 어떤 분이 비밀로 부쳐야 할 상담 내용을 발설해서 학생이 고발하게 되면 범칙금을 물게 한다든지, 그런 장치가 필요해요. 학생들은 안전장치도 없고 진짜 힘드니까 고민 끝에 믿고 말한 건데 그것마저 공개되면 뭘 믿고 이야기하겠어요. 그러니까, 이런 이야기를 아무에게나 해도 믿고 위로받을 수 있는 학교.

피디 지영 님은 어떤 미래를 꿈꾸세요?

지영 제가 출연하게 된 계기 중 하나가 넷플릭스 드라마 〈루머의 루머의 루머13 Reasons Why〉 때문이거든요. 미국의 학교 폭력에 대해 적나라하게 보여 주는 드라마인데, 그걸 보고 마음이 많이 움직였어요. 이렇게 적나라하게 이야기를 해 줘야 좀 들어 주려나? 그동안은 학교 폭력 피해자가 숨어서 살아야 하고, 숨을 수밖에 없다고 생각했어요. 내 직업상할 수 있는 일에서만 최선을 다하려고 했는데 이런 기회가 생기니까, 더 많은 사람들이 알아야 한다는 생각이 들어요. 우리가 겪는 아픔에 대해서요.
    사실 뉴스에서는 뭔가 거대한 관점에서만 이야기하지, 누가 이렇게 적나라하게 몇십 년이 지난 지금까지도 우리가 아파한다고 알려 줘요. 근데 그런 사실을 누군가는 알려 주고, 학교 폭력이 그만큼 심각하다는 걸 누군가는 이제 좀 들어 줬으면 좋겠어요. 그런 사실을 알리는 누군가 중 1명이 되기 위해 이 자리에 나온 거고요.

가연 넷플릭스 말씀하셔서 생각난 건데, 일진 미화 좀 안 했으면 좋겠어요.

다들 고개를 크게 끄덕인다.

가연 요즘에는 많이 사라졌다고들 하지만, 사실 아직도 '일진 짱과 사귀는 누구' 그런 오글거리는 캐릭터가 등장하는 게임들 많잖아요.

희정 왕따도 미화되잖아요.

피디 어떻게 미화되나요, 왕따는?

지영 가해자와 왕따의 사랑이 이루어지는 내용의 일본 애니메이션도 있어요. (황당한 듯 커진 목소리로) 이게 말이 돼?

민아 말도 안 돼.

지영 진짜 저 그거 보고 화가 많이 났어요.

가연 뭔지 알 것 같다.

지영 그게 말이 되냐고. 근데 그걸 사람들은 보고 믿어요.

가연 그게 하나의 '클리셰'처럼 되어 버린 거예요.

지영 맞아요.

가연 왕따가 막 죽을 것처럼 힘들어하면 일진 중 1명이 팍, 나와서 (손으로 "쉿!" 하며) "조용히 해, 넌 내가 지킨다."

모두 웃는다.

가연 진짜 학교를 다니면서 한 번이라도 그런 케이스를 봤으면 '그래, 세상이 넓은데 그럴 수도 있겠다' 하겠는데, 괴롭히면 같이 괴롭혔지 누가 "이 사람은 내가 지킬 거야, 이 왕따 괴롭히지 마"라고 그래요. 그런 정의로운 일진 솔직히 한 번도 못 봤어요.
언어도 좀 그래요. "쟤 내 인사 받아 줬어. 착한 일진이야." "쟤는 나 안 때렸어. 되게 좋은 일진이야." "쟤는 일진인데 성격은 착해." '착한 일진' '좋은 일진'이 어디에 있어요? 일진이면 그냥 일진인 거고, 좋은 애면 좋은 애지.

지영 착한 일진이 어디 있어.

희정 미화가 되는 드라마나 소설 혹은 게임은 실제로 그들의 입
장이 안 되어 봤기 때문에 그렇게 나올 수 있다고 생각해
요. 내가 상대방 입장이 되어 보지 않으면, 그걸 온전히 이
해하기가 어렵더라고요. 반에서 거의 1명 정도만 당하는
소수의 이야기이니, 피해자는 쉽게 목소리를 내지도 못하
고… 다들 피해자의 입장에서는 생각해 보기가 쉽지 않았
겠죠. 그래서 앞으로도 민아 님 말처럼 이런 일이 생겼을
때 계속 목소리를 내는 게 중요하다고 생각해요. 이런 콘텐
츠를 제작한다고 들었을 때도 되게 고마웠어요. 아, 내가
이걸 말할 수 있는 기회가 생겼구나.

피디 고마워해 주셔서 감사합니다. 희정 님은 그럼 혹시 어떤 미
래를 꿈꾸고 계세요?

희정 저는 불합리하면 불합리하다고 말하면서 살 거예요. 뭐, 얘
기해도 묵인되는 경우가 많지만, 시도는 계속해 보려고요.
이런 이야기를 못 하고 참으면서 살아왔기 때문에 더 아팠
잖아요. 그러니까 꼭 얘기는 해야 해요. 상대방도 얘기해야
하는 경우도 많고요. 그러니까 그런 불합리하고 힘들었던
것을 솔직하게 얘기하고 전 항상 옳은 선택을 할 겁니다.

(웃으며) 그게 가장 중요하다고 생각해요.

내가 아프고 힘들수록 내가 쉽게 생각하는 사람에게 짜증을 내게 되니까. 그것도 조금 방지되고! 저는 약자라기보다는 절 믿어 주는 사람한테 좋은 사람으로 남고 싶어요. 아픈 사람으로 남기보다. (양팔을 앞쪽으로 쭉 뻗으며) 잘 부탁드립니다.

피디 마지막 질문 전에 하나 여쭤 보고 싶은 게 있어요. 장애가 있다고, 가난하다고, 키가 작다고, 약해 보인다고 무시하지 않고 서로를 있는 그대로 존중해 주며 살 수 있는 세상이 올 수 있을까요? 차별과 폭력이 없는 세상이 정말 가능할까요?

모두 웃으며 손사래를 친다.

가연 없어질지는 잘 모르겠지만, 고등학교에 들어가면서 어느 집단이든지 정치를 하거나 권력을 행사하는 사람이 꼭 1명 이상은 있다는 걸 느꼈어요. 그리고 그 정치질이나 권력 행사의 이면엔 나와 맞지 않는 사람을 타인에게 "같이 싫어하자"고 강요하고 싶어 하는 마음이 있고요. 그런 과정에서

여자 반

많은 친구를 내 사람으로 만들려고 해요. 가해자, 방관자, 피해자의 구조가 생기는 것도 그것 때문이라고 생각해요. 아는 사람이 한정적인 학교 안에서 잘못된 방식으로 '내 사람'을 만들려는 게 시작되고, 그게 물 타기가 되고, 물 타기에 동조해야 내가 다른 사람과 두루두루 친하게 지낼 수 있으니까요. 학교나 사회에서는 '두루두루, 다 같이' 노는 게 정답처럼 느껴질 때가 많았어요. 그래서 더 청소년 왕따가 도드라진다고 생각해요.

희정   어느 날 우연히 '학교 폭력, 왕따에 대한 대처법'이라는 캠페인 글을 봤는데 참 황당하고 어이가 없었어요. 그 글 역시 왕따당하는 사람들 스스로에게 문제가 있다는 내용이었어요. 그러니 처한 상황을 받아들이거나 알아서 해결하라는 말밖에 되지 않죠. 현재 이루어지고 있는 예방법들로는 절대 세상이 바뀌지 않을 거예요.

지영   누군가의 아픔이 있었기에 조금이라도 나아질 수 있는 길이 생긴다고 생각해요. 가장 큰 예로 '인종 차별'이 있잖아요. 오랫동안 피 흘려 싸워 왔다지만, 인종 차별은 아직도 남아 있잖아요. 하지만 그래도, 지금도 싸우고 있잖아요.

왕따 문제도 아직 싸워야 할 게 많아요. 제가 겪어 왔고 조금이나마 알기에, 나서서 할 수 있는 일이라 좀 더 앞에 서서 싸우고 있는 거죠. 다음 세대 역시 싸우게 되더라도, 지치지 않게 조금이나마 힘이 되어 주고 싶어요.

주연 어느 정도는 가능하다고 봐요. 방관자인 사람들이 조금씩만 나서서 손을 내밀어 준다면, 어느 정도는 가능하지 않을까 싶어요.

민아 비현실적이라고 생각해요. 차별 없는 세상을 만들자면서, 어딜 가도 차별이 행해지고 있으니까요. 차별 없는 세상이라는 이상적인 사회를 정말 이루고 싶다면, 여러 가지 방면으로 노력하고 또 노력해야겠죠. 그럼 언젠가는 이루어질지도 모른다고 생각해요.

피디 이제 거의 끝에 다다르고 있네요. 마지막으로 다들 인터뷰 어떠셨어요?

희정 후련하고, 다시는 제가 겪었던 일들과 동일한 상황이 일어나지 않았으면 좋겠어요. 아이들이 그 아픔을 겪지 않았으면 좋겠어요.

주연 진짜 너무, 이 얘기를 할 수 있어서 감사해요. 저는 원래 혼자서 글 쓰고 그랬거든요. 근데 이렇게 나 혼자만 간직했던 이야기를 남들과 공유할 수 있다는 게, 그런 기회가 생겼다는 게 너무 감사했어요.

희정 정말 그래요. 내 아픔을 혼자 가둬 두지 말고 내가 의지할 수 있는 사람에게 말할 수 있다면, 그게 스스로를 치유할 수 있는 가장 좋은 기회라고 하더라고요. 이 자리가 저한테는 정말 큰 기회가 됐어요.

가연 진짜, 고민은 엄청 했는데… 아직도 사실은 살짝 무서워요. 이거 보고 친구들이 "가연아, 너 왕따당했다며? 너 '왕밍아웃'한 거야."

모두 웃는다.

주연 전 떳떳해도 된다고 생각해요. 이렇게 용기 낼 수 있다는 게 얼마나 대단한 일인지. 주변 사람들도 오히려 나쁘게 생

각하지 않고, 용기 내 줘서 고맙다고 이야기해 주지 않을까
요? 거기서 "너 왜 '왕밍아웃'했어!"라고 하는 사람은 걸러
도 되지 않을까요?

지영   인간관계 정리가 되네.

가연   그러네요. 사실 어떻게 보면 왕따당한 게 흠인가요? 상황
이 우리를 그렇게 만들었을 뿐.

지영   심리 상담을 되게 많이 받아 봤어요. 거기서도 왕따 얘기를
많이 해 봤는데, 뭐라 해야 하지? 뭔가 답답함이 풀리지 않
는 게 되게 많았는데, 여기서 이렇게 얘기해 보니까 속이
뚫리는 듯한? 이게 호응이 되는 게!

다들 빵 터진다.

지영   받아 주는 게. 이해를 해 주시는 게 되게 반갑고.

가연   보통 다른 분들에게 말하면.

                  여자 반

지영 영혼 없는 그런.

가연 아~ 그랬구나, 아~ 미안.

민아 싸늘~.

가연 "어, 미안해, 괜히 물어봤지." "아니야~ 괜찮아." 보통 이런
분위기가 많았는데.

민아 여긴 다들 같은 경험을 나누니까 서로 이해하고.

지영 얘도? 아, 그거.

모두 웃는다.

희정 저도 마찬가지예요. 제 주변에서는 이 사실을 알아도 이제
등 돌릴 사람은 없거든요. 근데 사회생활을 하면서 오빠가
지적 수준이 떨어지니까 어른들이 술값 계산하게 하고, 괜
히 불러다가 이용하려고 하는 그런 경우가 되게 많았거든
요. 그래서 제가 불가피하게 가면을 쓰게 되기도 했고요.

이게 군이 당당하지 않을 일도 아니고 특별하게 이슈가 될 일도 아니라고 생각해요. "왕따당했는데 뭐, 과거에 그랬는데!" 하고 그냥 털어 버릴 수 있는 용기. 이런 계기가 이 자리였어요.

가연 다 잘 내려놓고 가게 됐어요.

피디 민아 님, 마지막으로 어떠셨어요?

민아 학창 시절에는 이런 경험을 나누는 사람들이 별로 없잖아요. 이렇게 서로 모여 이야기를 나누니까 저도 되게 후련하고, 나만 그런 건 아니었고 다 같이 힘들었구나. 더 힘을 얻었어요. (웃음) 감사합니다.

피디 너무 늦어서 이제 끝내야 할 때가 됐어요. 마지막으로 꼭 하고 싶은 말씀 있으신 분, 계신가요?

주연 이 이야기를 듣는 분들 중에 저희와 비슷한 경험을 가진 분들이 많을 것 같아요. 그분들에게 본인을 괴롭히지 말라고 말하고 싶어요. 우리의 잘못이 아니에요. 왕따를 당할

여자 반

만한 사람은 존재하지 않아요. 그리고 본인을 잃지 않았으면 좋겠어요. 당신은 누구보다 소중한 사람이고, 사랑받아 마땅한 사람임을 잊지 말아 주세요.

아는 분들에게 그런 말을 들었어요. 우울한 것도, 괜찮지 않은 것도, 그 어떤 모습도 다 본인이라고요. 나로 살아도 누구도 미워하지 않는다고요.

싫은 건 거절해도 괜찮아요. 힘들면 울어도 괜찮고, 그럴 사람이 있다면 투정 부려도 괜찮아요. 그럴 사람이 없다면 SNS에라도 고민 올려서 상담받으면 괜찮으니까. 다 쌓아 놓고 가면 본인의 상처만 깊어지잖아요. 상처를 숨기려 하지 말아요. 이만큼 아팠으면 충분해요. 어릴 때 안 겪어도 되는 고통을 겪었으니, 그만큼 좋은 일도 많이 생길 거라고 믿어요. 버텨 줘서 너무 감사합니다. 고생 많으셨어요.

모두 한동안 미소를 짓는다.

피디   그럼 이제 진짜 끝낼게요.

희정   (슬레이트 자세) 칠까요?

피디 (웃으며) 감사합니다.

슬레이트 치는 소리와 함께 끝.

쉬는 시간 : 그때 진짜로 우리에게 필요했던 건 무엇이었을까요?

/ 259번째 사연, 20살 여자

소중한 1명의 친구면 됐습니다.

/ 62번째 사연, 26살 여자

저는 다행히도 고등학교에 가서 좋은 친구들을 많이 만났습니다. 그 친구들로 인해 긍정적인 관계 경험을 다시금 많이 쌓게 되었죠. 대학에 가서도 힘든 시기가 있었지만, 그 친구들이 어려운 시간을 버티게 해 주는 힘이 되었습니다. 어린 시절 겪은 따돌림의 경험은 나와 같은 아픔을 겪은 이들에게 희망을 주고 싶다는 꿈으로 바뀌었어요. 저는 지금 청소년 복지를 위해 일하는 청소년 지도자가 되었습니다.

남자반

출석부

권배   42살. 중학교 때 조직적인 학교 폭력을 경험했다. 강남 유명 학원의 생활 담임 선생님으로 일했다. 지금은 프리랜서로 입시 컨설팅을 하고 있다. 요즘엔 걷기에 집중하고 있다. 서울 둘레길 완주가 목표다.

의현   29살. 중학교 때 괴롭힘을 겪었다. 대학에서 미디어·영상을 전공했다. 오전에는 파트타임으로 구청 SNS 업무를, 오후에는 프리랜서로 영상 제작을 하고 있다. 늦게 배운 덕질이 무섭다고, 아이돌과 마블 히어로에 푹 빠져 있다.

요셉 30살. 중학교 때 목사의 아들이라는 이유로 시작된 따돌림이 전교로 퍼졌다. 동시에 가정 폭력도 겪었다. 전공은 신학. 지금은 영어학과에서 공부하고 있다. 1년 뒤 산티아고에 갈 준비를 하고 있다.

성호 24살. 따돌림을 주도했던 가해자와 초·중·고등학교를 같이 나왔다. 처음엔 장난 같았던 행동이 점점 심해졌다. 고등학교 2학년 때 집단으로 왕따를 당했다. 현재는 문예 창작을 전공하고 있다. 제대 후부터는 자신의 과거 이야기를 주제로 글을 쓰고 있다. 취미는 힙합 음악과 캘리그래피.

재경 23살. 어렸을 때부터 말더듬이 심해서 관계에 어려움을 겪었다. 초등학교 3학년 때부터 놀림을 당하면서 왕따가 시작됐다. 자존감을 높일 수 있는 걸 찾다가 옷에 대한 관심이 생겼다. 지금은 신발/의류 매장에서 일하고 있다. 걷는 것이 좋아 등산이나 산책으로 시간을 보낸다.

출연자의 요청에 따라 일부는 본명, 일부는 가명을 썼습니다.

피디   출연 계기에 대해 들어 보는 시간인데요. 그런 기억에 대해 이제는 말할 수 있는 이유, 영상에도 나올 수 있게 된 이유를 듣고 싶습니다. 촬영 들어가기 전에 대화 나누셨듯이 하시면 되고요. 서로 질문하셔도 좋아요.

의현   인터넷을 하다가 설문지를 보게 됐어요. 처음엔 제 얘기가 먼저 떠올랐어요. 그리고 지금 교회에서 찬양하면서 초등학생, 중학생 들을 만나는데, 그중 한 친구 생각이 많이 나더라고요. 그래서 한번 적어 봐야겠다, 해서 적었어요. 영상 출연 생각은 안 했는데 연락을 주시더라고요. 전화를 받고 용기를 내 봐도 되겠다 싶어서 나오게 됐습니다.

피디 　이 영상을 보는 사람들이 어떠한 느낌이 들면 좋겠다든가 이런 게 있으신가요.

의현 　따로 생각은 못 했는데요. 그래도 힘들어하는 분들이 있다면 이겨 내는 데 좀 도움이 될 만한 이야기가 됐으면 좋겠다는 생각은 갖고 있습니다.

권배 　너무 교훈적인데요. 하하하.

　5명 모두 가벼운 미소를 띤다.

권배 　(옆의 요셉에게 손짓을 하며) 이 순서로 갈까요?

요셉 　상처를 숨기면서 살다 보니까 원래 저 자신이 아닌 다른 모습으로 계속 살게 되더라고요. 20대 때는 괜찮았는데 30대가 되니까 친구들이 하나씩 다 떠났어요. 제 모습이 아닌 걸 봐서 그런지 모르겠네요. 그래서 이래저래 일도 잘 안 되고 그냥 전부 다 꼬여서 인생의 의미가 없어졌나 봐요. 원래 저는 저와 같은 일을 겪는 아이들을 위해 찬양 사역을 하고 싶어서 신학대에 들어갔어요. 2학년까지 했는데,

남자 반

신학교 안에서 담배 피우고 술 마시고 하면서 또 밖에 나가서는 경건한 척 성경책 들고 다니는 그런 친구들 모습이 너무 싫더라고요. 이런 모습을 바로잡아야겠다 싶어서 한마디 했는데 졸지에 구시대 사람 취급을 받았어요. 게다가 사역자가 되고 나서 올바르게 설 자신도 없더라고요. 결국 제 길이 아닌 것 같아서 내려놓고 나왔어요. 그런데 꿈이 없어지니까 인생이 의미가 없더라고요.

그런데 페이스북을 보다 보니, 이런 설문이 있었어요. 예전 같았으면 사실 안 적었어요. 왜냐면 제가 저 자신을 드러내야 하는 부분이니까요. 그런데 어차피 다 포기할 건데 도움이 필요하다고 하니 그냥 한번 적어 봐야겠다 해서 적었어요. 그리고 피디님한테 연락이 온 거예요. 솔직히 되게 망설였어요, 전화하면서도. 그런데 피디님이 "나와 주세요" 이러는 게 아니라 "안 하셔도 돼요" "힘드시면 안 하셔도 돼요" 이러니까 이게 오기가 생겨 가지고 하게 되더라고요. 그래서 나왔습니다.

성호 저는 지금 대학생이고요. SNS를 하다가 대학교 후배가 게시물에 '좋아요'를 누른 게 떠서 이 설문을 보게 됐어요. 글을 보는 순간, 도움을 달라는 말은 못 보고 주제만 봤는데

한 친구 이름이 딱 기억나더라고요. 그래서 응답을 쓰기 전에 그 친구가 어떻게 사는지 궁금해서 찾아봤어요. 무서워서 잘 안 찾아봤었거든요.

그 친구 SNS에 들어가서 보니까 되게 잘 살고 있더라고요. 제가 거기에 지면 안 될 것 같은 거예요. 아무리 피해자였어도 나도 잘살 수 있다, 이런 걸 보여 주고 싶어서. 그렇게 약간 오기가 생겨서 그런 것도 있고. 사실 이 글을 적어 내고 전화가 올 때까지도 제 이성은 아니라고 했어요. 계속 고민하고… 여기 역 내릴 때까지도 고민을 엄청 했어요. 그냥 도망갈까도 했는데요. 제가 지금 24살이니 24년을 도망치며 살아온 거고. 이 모임이 아마 새로운 시작이 되지 않을까 해서 조금 과한 욕심을 부려 나와 봤습니다.

재경 저는 유튜브를 보다가요. 어, '씨리얼'이라는 채널을 그전부터 보고 있었어요. 그런데… 이제…… (머뭇거리며) 저 처음부터 다시 해도 될까요?

피디 얼마든지 편하게 말씀하셔도 돼요.

재경 갑자기 이야기하려니까 생각이 안 나서요.

남자 반

권배　저하고 비슷하네요. 계속 구독하고 있었거든요.

재경　네.

권배　우울증 걸리신 분 이야기도 나오고, 그냥 그 사람들 이야기를 가져다 다 풀어 준 것 같아서. 저도 그것 때문에 여기 지원해서 온 거거든요. 그래서 비슷한 마음이신 것 같아요. 막 제대하고 오신 거죠, 지금?

재경　네, 음….

권배　그 이야기부터 풀어 나가면 될 것 같은데.

재경　그냥 이거 처음부터 시작해도 되는 거죠?

피디　네, 그럼요.

재경　저는 유튜브를 보다가 왕따 관련해 사람들을 모집한다고 해서 신청을 하게 됐습니다. 저는 말더듬이라고 있는데 아마 초등학교 때부터 이게, 그거……

재경은 답답한 듯 한숨을 내쉬고는 한참을 침묵한다.

재경 일단 저는 말더듬이라는 걸 몰랐는데 초등학교 때부터 발표를 하면서 알게 됐어요. 제가 말도 잘 안 나오고 더듬고 해서요. 이유 없이 왕따를 당하고. 학창 시절이 그런 기억으로, 안 좋은 기억으로 남아서 지원하게 됐습니다.

다른 출연자들이 천천히 고개를 끄덕인다.

권배 이제 제 이야기를 하면 될까요?

피디 네.

권배 아저씨가 말 많으면 안 되겠죠?

다 같이 웃는다.

권배 씨리얼 팀의 여러 콘텐츠를 봤는데 있는 그대로 말을 하게 해 주더라고요. 저는 그렇게 봤어요. 각본이 있는지 모르겠지만, 지금 보니까 아닌 것 같아서 좋게 보였어요. 그런데

남자 반

저한테 피디님이 이게 어떻게 진행이 될 거라고 미리 가이드를 보내 주셨는데 걱정이 좀 됐어요. 아까도 말씀드린 거지만, 이게 여기서 끝나는 게 아니라 앞으로의 삶에 영향을 줄 거거든요. 사실은 그러기 위해 여기 온 것이기도 할 거예요.

저는 힘들었던 과거 때문에 스무 살 초반에는 오히려 반대로 '나는 강하다'고 생각하며 센 척하고 살았던 적도 있어요. 자포자기 상태로 혼자 죽고 싶었던 적도 있었고, 그렇게 좌충우돌 부딪치며 살아왔어요. 제가 영향을 많이 미치게 될까 봐 좀 걱정이 돼요. 그래서 다들 어떤 마음으로 왔는지 그게 많이 염려됐어요.

하지만 앞으로도 그렇고 지금도 어떤 방식으로든 이게 알려지고 공유되어야 한다는 생각이 들어요. 누구한테, 개인한테 맡길 수 없잖아요. 한 사람한테 "네가 강해져야 해" "그러면 나쁜 사람이니까 하지 마" 이렇게 말하기보다는 사실 그대로 이런 걸 겪었던 사람들이 어떻게 살아가고 있는지, 그것이 이후에 어떤 영향을 미쳤는지 이야기하는 게 필요하다는 생각이 들어 나오게 됐습니다.

피디 감사합니다. 이제 본격적인 이야기로 넘어갈게요.

1교시 / 소외의 기억

피디   3월이면 새 학기가 시작되잖아요. 저도 사실 왕따를 당해 본 적이 있다 보니, 3월이 참 두려운 계절이었어요. '내가 친구를 잘 사귈 수 있을까.' '친구 관계를 잘 만들어 갈 수 있을까.' 여러분도 그때의 그런 기억을 공유해 주실 수 있을까요.

요셉   저부터 할까요? 학창 시절에 소외당했던 경험에 대해서.

피디   설문지에 적어 주셨던 것 혹은 그중 가장 강렬했던 것?

요셉   가장 심했던 건 중학교 시절이었어요. 제가 초등학교 때 이

사를 좀 많이 다녔어요. 1년에 한 번씩 이사를 다니다 보니까 어디 한 군데에 딱 정착해서 친구를 만들 기회가 없었어요. 그러다 중학교 1학년 때 서울에 올라와서 중학교 생활을 시작했어요.

계기가 있는데요. 저희 아버지가 목사님이신데, 당시 학교 앞에 교회 건물이 있었어요. 학교 교실에서 우리 교회가 보이는데, 건물이 30년 정도 된 거라 딱 봐도 무너질 것 같은 그런 건물이었어요. 학교에는 이런 사실을 숨기고 다녔죠. 제가 목사 아들이라는 것도 숨기고, 학교 앞 그 교회에 다닌다는 것도 숨기고.

그렇게 잘 지내고 있었는데, 어느 날 담임 선생님이 애들 앞에서 말하는 거예요. "저기 앞에 보이는 교회 건물이 요셉이 아버지가 목회를 하고 계신 곳이다." 그러면서 아버지가 목사님이라는 것도 들키고, 앞 건물 교회에 다니는 것도 들켰어요.

그런데 친구들이 이 사실을 바라보는 시선이 아무래도 좀 안 좋았던 것 같아요. 와서 시비를 거는 게, "진짜 하나님이 있다면 저 건물을 새 건물로 바꿔 달라고 해 봐. 너의 아버지 목사님이니까 기도하면 다 들어줄 거 아냐."

처음에는 아무렇지 않게 넘겼어요. 그런데 사람이 세너를

남자 반

당한다는 게 무섭잖아요. 계속 듣다 보니까 스스로한테 화가 나더라고요. 하나님을 욕하고… 그래도 제 부모님을 욕하는 거니까, 한 번은 싸웠어요. 싸웠는데, 건드린 애가 좀 싸움을 잘해서. 하하하, 제가 졌어요.

요셉, 가볍게 웃는다. 다들 입가에 미소를 띤다.

아무래도 학교도 서열이 있는 공동체다 보니 싸움에서 지는 순간 '따'의 길로 들어서게 된 거죠. 그러다 저한테 별명이 붙기 시작하고 그걸로 애들이 노래를 만들고 제가 거기에 반응을 안 하니까 폭력을 쓰고. 이게 전교로 퍼져서 일진 애들도 저를 건드리고 3년 동안 매일 욕을 듣고 매일 맞고 했어요. 그러다 보니 못 견디겠더라고요. 그래서 3학년 때 자퇴하겠다고 학교에서 난리 치고 부모님에게 도와 달라고 한 적도 있는데 결국 자퇴를 안 시켜 줘서 졸업을 하긴 했어요.

중학교 시절이 힘들었던 이유가 하나 더 있는데, 저는 가정폭력도 같이 당했거든요. 사실 이게 저희 부모님이나 누가 보면 큰일 날 소리이긴 한데.

피디   그럼 이 부분은 빼겠습니다.

요셉   가정 폭력을 당했다는 건 넣어 주셨으면 좋겠어요. 가정 폭
       력이 학교 폭력으로 이어지는 것 같거든요, 제 생각에는.

피디   왜 그렇게 생각하세요?

요셉   아무래도 가정에서 폭력을 당하다 보면 학교에서도 위축
       이 되거든요, 스스로. 그런 위축된 상태가 모든 순간에 쭉
       이어지는 것 같아요. 학교에서 폭력을 당하고 스트레스받
       고 집에 오면 집에서 스트레스받고 폭력을 당하고, 이게 하
       나의 사이클이 되어 계속 돌아가는 거죠. 3년 동안 그러다
       보니까 진짜 너무 스트레스를 받았어요. 자살 시도도 많이
       하고……. 안 죽더라고요.
       그러다가 중학교를 졸업하고 고등학교에 갔어요. 중학교를
       같이 다니던 애들이 전혀 가지 않는 곳으로요. 새롭게 시작
       하는 거니까 이번에는 실수하지 말고 잘 해야 한다는 생각
       으로, 학교에 들어가서 친구들도 잘 사귀고… 시작은 좋았
       어요.
       그런데 거기가 사립 고등학교다 보니까 부자 동네에 사는

남자 반

애들이 좀 많았어요. 돈 없는 애들은 구분이 되거든요, 걔들 사이에서. 아무래도 딱 보이는 게 교복 메이커나 운동화 메이커. 이런 걸로 판가름을 해요. 저는 다 좀 꿀리죠. 가난했으니까. 그런 걸로 찍히는 바람에, 부잣집 애가 시비를 많이 걸더라고요.

급식 시간에는 돌아가면서 밥을 배식하는데, 김치를 주면 김치 딱 한 쪽 주고, 멸치를 주면 멸치 한 마리 주고, 밥은 콩알만큼 주고 이러는 거예요. 고민했어요. '내가 여기서 싸우면 또 똑같이 된다.' 그래서 참았는데, 더는 안 되겠더라고요.

'이번에는 싸우면 꼭 이겨야겠다' 생각하고 싸웠어요. 일방적으로 때리긴 했는데. 걔는 화가 났던 것 같아요, 스스로한테. 자기가 좀 부자니까. 그다음에 애들 다 동원해서 제 주변을 뺑 둘러싸더니 싸우자는 거예요. 저를 둘러싼 애들이 절 잡은 거죠. 걔만 저를 때렸어요.

그러고 나서 끝났으면 됐는데, 걔가 분이 덜 풀렸는지 아침마다 와서 "밖에 나가자. 나가서 1:1로 다시 싸우자" 그러는 거예요. 학교 가기가 두려워지고… 어느 날은 진짜 마음먹고 둘만 나가자고 해서 뒷짐 지고 "너 화 풀릴 때까지 때려라" 그러고 맞았어요.

그러고 나니까 자존심이 너무 상하더라고요. 그래서 학교를 안 나갔어요. 자퇴하고 알바 하면서 검정고시 보고 그랬어요. 제 학창 시절은 그랬던 것 같아요. 네.

권배 많이 힘들었겠네.

요셉 네? 네.

권배 죽지 않고 살아 있어 줘서 고맙네.

요셉이 어색하게 웃는다.

피디 이야기하고 싶으신 분 있나요?

성호 제가 할게요. 너무 말씀을 잘하셔서 생각을 많이 했어요. 저는 앞의 분이랑 되게 비슷한 것 같기도 하고 다른 것 같기도 한데요. 저는 여러 명한테 당한 게 아니라 1명한테 집요하게 당했어요. 저희 동네는 시골이라 초·중·고가 다 붙어 있었어요. 우리 동네 애들은 초등학교부터 고등학교까지 다 같은 데를 가는 거거든요.

남자 반

개가 초등학교 4학년 때는 장난 식으로 저를 대했어요. 당시 상황으로 봤을 때 '누가 봐도 이건 장난 같은데'라고 판단할 만한 수준이었어요. 지금에 와서야 내가 기분 나빴으면 그것도 폭력이라고 생각하지만.

중학교 때는 그런 장난이 잠깐 끊겼어요. 어떤 이유에서인지 몰라도 반이 개랑 한 번도 안 겹쳤거든요. 고등학교 1학년 때도 안 겹치고… 그러다 고등학교 2학년 때 딱 겹쳤어요. 그래서 고등학교 2학년이 제 인생에서 제일 힘든 순간이 됐죠.

그때 만났는데, 얘가 약간 영리해요. 저한테 "그때는 미안했고 다시 친하게 지내자"라는 식으로 말했어요. 저는 되게 소극적이고 원래 만나던 애들만 만나는 편인데, 이렇게 누가 먼저 다가오니 좋을 수밖에 없잖아요.

그래서 잘 지내보자고 했는데 얘가 점점 이상해지는 거예요. 절 불러서 부탁을 엄청 많이 하는데요. 제 외모가 그 당시에는 되게 어른스러워 보여서 "담배를 사 와라" 그리고 "돈을 조금 빌려 줘라." "지금 당장 나와라. 나올 수 있지 않냐." 이래요. 제가 전화로 집이 엄해서 못 나가는 시간이라고 하면 거짓말하지 말라면서, 개가 반 전체 남자애들한테 정치질을 하는 거예요. "얘는 거짓말을 잘 하는 애다." "입만 벌리면 거짓말을 하는 애다." 이렇게 제 이미지를 만들고 그때부터 걔는 완전 우두머리가 된 것처럼 말하고 행동했어요.

제가 볼 때 걔는 막 힘이 세고 이런 애는 아니에요. 그냥 우두머리 자리에 있고 정치질을 하는 건데, 제가 걔한테 잘못하면 저 빼고 애들한테 말하는 거예요. "다음 날부터 얘한테 아는 척하지 마라." 중요한 건 위협하지 않고 제안을 한다는 거예요. "얘한테 말 걸지 말자." 그런데 애들이 다 "알았다"고 하고.

어느 날은 학교에 갔는데 분명히 어제까지만 해도 저랑 같이 인사를 했던 애가 저를 없는 사람 취급하는 거예요. 저를. 진짜 완전 말만 투명 인간이 아니라 진짜 투명 인간이 된 거예요.

제가 도중에 어디를 나가도 아무도 상관 안 해요. 친구들이 밥 먹으러 가는 거 따라가면 애들끼리 "뒤에 누가 따라오는 것 같지 않냐" "아무도 없는데" 이런 식으로 얘기하기도 하고요.

성호가 잠시 말없이 웃는다.

남자 반

성호 그리고 제가 뭘 빌려 달라고 하면 안 들어요, 말을. 그게 가장 첫 번째 충격이었고. 이런 일이 계속 반복됐어요. 그렇다 보니 저는 오히려 애한테 엄청 조심스러워진 거죠. 애한테 밉보이는 순간 또 그런 날이 올 거고 그러면 나만 힘드니까. 그래서 되게 잘 보이려고 했는데, 그때 그 남자애들 입장에서는 제가 걔한테 허리를 숙인 거니까 저를 더 얕보게 됐던 거고요. 그러니까 걔는 저를 더 누르고. 그런 상황이 지속됐어요.

에피소드가 하나 있는데요. 저희가 기숙형 고등학교였어요. 저는 기숙사에 살고 있었고요. 체육 시간이 끝나고 땀이 많이 나길래 기숙사에 같이 사는 친구랑 샤워하고 오자고 하고, 그럼 안 되는 거긴 한데 잠깐 기숙사에 갔다 왔어요. 걔 입장에서는 그게 아니꼬웠던 거예요. "네가 뭔데? 나는 샤워를 못 하는데 너는 샤워를 하고 와?" 하면서 화가 난 거죠.

제가 그때 체육복만 입고 갔고 교복은 가방에 넣어 놨는데, 기숙사에서 돌아오니까 교복이 땀으로 잔뜩 젖어 있는 거예요. 걔가 문댄 거죠. 자기 땀을 다 문댄 건데, 기분이 나쁘긴 나빴지만 순간적으로 가장 먼저 들었던 생각이 '아무렇지 않은 척해야 한다' 이거였어요. 왜냐면 또 일이 되는

게 싫으니까. 아무렇지 않은 척해야 한다고 생각해서 혼잣말로 '뭐야, 이거 누가 했어' 하고는 그냥 조용히 넘어갔어요. 그런데 그게 또 아니꼬웠나 봐요. 다음 날에도 저는 혼자 있었어요.

학창 시절에는 무리 지어 다니려고 하잖아요. 혼자 있으면서 되게 힘들었던 게 밥을 혼자 먹을 생각을 하니까 배가 아픈 거예요. 스트레스를 확 받으니까 갑자기 밥 먹기가 싫고 그래서 점심시간 내내 아무도 안 오는 화장실에 있었던 적도 좀 많았어요. 진짜 말 한 번도 안 걸어 본 애를 쫄쫄 따라가서 밥 먹으면 애들이 "너 왜 따라오냐?" 이러고. 그러면 저는 제가 왕따인 걸 다른 반에 홍보하는 것 같아서 그것도 너무 싫었고.

그때 분위기는 누구를 감싸 주는 분위기는 아니었으니까……. 그랬던 것 같아요. 그래서 저는 고등학교 2학년이 지금까지의 인생에서 제일 힘들었어요.

잠시 침묵이 흐른다.

재경 저는 일단 소외당했다고 느꼈던 이유가… 말더듬이 제일 큰 이유였어요. 친구들 앞에서도, 안 친한 친구들 앞에서도 말 없고 되게 소심하고. 말도 잘 안 나왔고, 말도 더듬고, 걱정이 컸어요. 그게 제일 많이 힘들었는데. 그러면서 이제, 이제…… 말 못 하는 애로 찍히고, 폭력도 많이 당하고, 그것도 이유 없이. 제가 말을 못 하니까 아예 인간 취급을 안 해 줬어요, 아예. 누가 옆에서 도와주는 사람 1명도 없었고 그냥.

재경이 한동안 숨을 고르며 감정을 억누른다.

재경   저는… (울먹이며) 그래서 저는…

권배   괜찮아요.

재경이 소리 내어 운다. 눈가가 촉촉하다.

권배   괜찮아요. 많이 힘들었겠네.

재경   (울먹이며) 그래서 저는 늘 혼자였고, 친구들과 잘 어울리고 싶었고, 남들과 평범하게 이야기하고 싶었고. 그런데 그게 잘 안 되다 보니까 계속 소외가 반복된 것 같아요. 반복됐고, 늘 집에만 있었고.

재경의 목소리가 점차 차분해진다.

재경　중학교 때 제일 기억에 남는 게, 어떤 나쁜 친구 2명이서
저를 건드린 거였어요. 그게 제일 기억에 남아요. 2명이 제
물건을 막 빼앗아 가고 그래도 제가 말이 없으니까 10대
정도 때리고.
그런데 어떤 친구가 하나 있었어요. 그때 그 친구를 되게
신기하게 느꼈어요. '아 이런 친구도 있구나' 하고 놀랐던
기억이 나요. 제가 많이 맞고 하다 보니까 그 친구가 한 번
저를 도와줬어요. 되게 좋은 친구였고 긍정적이었고. 그때
제가 지금처럼 더 당당하고 그랬으면 그 친구를 더 잘 챙
겨 줬을 텐데 당시에는 너무 힘들어서 남들 챙길 생각도
못 했어요. 그 친구랑 지금은 연락할 수 있는데. 그때 당시
못 챙겨 줘서 많이 후회됩니다. 그런 부분들이요. 저 끝났
습니다.

권배　많이 힘들었겠네.

성호 연락 한번 해 봐요.

재경 아, 예.

재경이 멋쩍게 웃으며 고개를 끄덕인다.

권배 지금 이 시점에 그런 얘기를 하는 게 쉽지가 않았을 텐데. 나는 그 나이 때 그렇게 말할 수 없었을 것 같아요. 이제 제 얘기하면 되나요?

피디 네. 권배 님 말씀하실 때 조금만 목소리를 높여서…

권배 좀 더 크게 할까요?

피디 네.

권배 죄송해요. 학생들하고 이야기할 때 목소리 톤이 크면 아이들이 겁을 먹는 경우가 많아서요.
양상이 다 다르다고 생각했는데, 똑같군요. 제가 지금 마흔 둘이니까. 20년 전이나 지금이나 조금 돈이 있다고 젠체하는 것만 커졌을 뿐이지 양상은 똑같네요.

저는 중학교 2학년 때 가장 힘들었어요. 제가 다녔던 중학교는 남자 반이 4개, 여자 반이 6개로 반이 따로 있었어요. 중학교 2학년 수업 첫날 교실에서 선생님 오기 전에 다 앉아 있는데 갑자기 4명이 앞으로 나오는 거예요. 그러더니 공포 분위기를 조성해요. 이제부터 시키는 대로 말을 들어야 한다면서 안 듣는 놈은 막 어쩌고저쩌고…. 그러더니 자기들 자랑을 하는 거예요.

권배가 실소를 터트린다.

권배 거기다 대고 웃었죠. 너무 어이가 없어서 웃었는데 갑자기 칠판을 (벽을 치는 손짓을 하며) "꽝!" 치더니 "웃은 새끼 앞으로 나와!" 그러는 거예요. 제가 웃었는데 제 앞에 있는 애가 끌려 나가서 두들겨 맞았어요. 그 친구가 맞는 걸 보고 저도 겁은 먹었어요. 그래도 "너희들이 뭔데 이러냐!"고 말 한마디는 했어요. 그랬다가 앞에 나가서 저도 굉장히 두들겨 맞았어요. 그러고 보면 그때 같이 맞은 그 애랑 꽤 오랫동안 친구를 했어요.

너무 분했어요. '이걸 어떻게 해야 하지' 했는데 우리 반만 그런 게 아니었던 거예요. 다른 4개 반에도 비슷한 애들이 있고, 애네들이 다 연결되어 있었던 거예요. 그리고 그중에서 짱 먹은 애가 전교 회장이었어요. 공부도 잘하고 집에 돈도 있고 게다가 싸움도 잘해. 그 당시 중학교 2학년인데도 키가 180이 넘었던 것 같아요. 그런 애들이에요. 집단으로 3학년 선배들을 두들겨 패기도 했어요. 선배들도 애네를 못 건드렸어요.

거기서 안 끝났어요. 우리 학교 옆에 농업 고등학교가 있었고 그 옆에 중학교가 있었는데 그 학교도 애네가 다 까고 다닌 거예요.

권배의 표정에서 웃음기가 사라진다.

권배 이런 얘기를 할 때 좀 그런 게, "걔네가 엄청 셌어"라고 말하고 싶은 욕망이 컸어요. 30살 때까지도 이 이야기를 하면 꼭 그렇게 말했어요. 그러면 내가 약해서 당한 게 아니라 걔네가 너무 세서 당한 게 되니까.

20살 때는 아예 말을 할 수가 없었고요. 30살 때는 말을 하긴 했는데 내가 약하다는 걸 감추고 싶었어요. 그리고 좀 더 시간이 지나 제가 2013년부터 학생들을 만났는데, 학생들 이야기를 들으면서부터는 저도 진짜 나를 끄집어내기 시작했거든요. 그래서 아마 지금 이렇게 이야기할 수 있는 걸 거예요.

요셉이 고개를 끄덕인다.

권배 많이 분하고 힘들고 그랬어요. 걔네가 학교 전체를 장악하고 1년이 되어 갈 때였어요. 정기적으로 애들한테 수금하고 기분 나쁘면 그냥 지나가다가 툭 쳐요. 그중 킥복싱을 하는 애가 있었는데 어제 발차기를 배웠다는 거예요. 그러면서 갑자기 발이 날아오더니… 거기에 팍 맞기도 했어요. 아무 이유도 없어요, 아무 이유도.

매일 아침에 일어나서 학교 가는 게……. 아침에 일어나는 것도 싫고 눈을 감고 잘 때 '내일 아침에 눈을 안 떴으면 좋겠다' 그런 마음이 굉장히 컸어요.

그런데 이제 기회가 왔죠. 복수할 수 있는 기회가. 제 옆에 짝꿍이었던 애가 있었는데, 이 친구는 가해자들에게 일종의 셔틀이었어요. 술이나 담배를 사 오는 심부름도 했고, 걔네가 또래 여학생들과 어울릴 때 망을 보기도 했어요. 그렇다 보니 걔네들의 잘못을 가장 많이 알고 있는 애이기도 했어요.

근데 애가 자주 가출을 했어요. 한번은 애가 가출한다기에 편지를 쓰게 하고 내용을 불러 줬어요. 그리고 1주일 안에 들어오지 말라고, 잘 숨어 있으라고 했어요.

3~4일 정도였으면 상관없는데 1주일이 되니까 애가 죽었는지 살았는지 걱정이 되잖아요. 부모님이 경찰서에 실종 신고를 냈어요. 그 과정에서 담임 선생님이 짝꿍인 저를 불러 제가 교무실에 갔죠. 가는데, 걔들이 협박하는 거예요. 알아서 잘 말하라고. 거기서는 알았다고, 잘 말하고 오겠다고 하고, 가서 선생님한테 다 말했어요.

그전부터 하나하나 다 기록을 했었어요. 몇 월 며칠 누가 얼마를 걷었고, 누가 누구를 때렸고, 제가 보이는 한도 내에서 다 기록하고 있었어요. 선생님한테 그걸 드렸어요. 이거 한번 보시라고. 그게 문제가 돼서 학교에 형사들이 오고 1명 퇴학당하고 2명인가가 무기 정학 받고 열몇 명인가가 유기 정학 받고 그랬어요. 당시 4개 반 남학생 다 합해 봐야 200명이 채 안 됐는데 거의 1개 반이 통째로 날아간 셈이 됐죠.

실은 그전부터 다른 선생님에게도 말하고 싶었어요. 그런데 말을 못 했던 게, 선생님들이 몰랐을까요? (손을 가리키

남자 반

며) 본인들이 힘들 때 선생님이 몰랐을까요? 분명히 알고 있었을 거예요. 알고 있었지만 나서지 않은 거죠. 나서면 문제가 커지고 분위기도 안 좋아질 거고, 선생님들에게도 뭔가 불이익이 있었을 테니까. 그런데 몇 달 동안 기록하면서 계속 지켜보다 보니 우리 담임 선생님은 승진을 포기하신 분이었어요. 그래서 괜찮지 않을까 해서 기록한 걸 보여드린 거예요.

그렇게 해서 그나마 괜찮아졌죠. 하지만 집단 폭력은 없어졌다 해도 이미 애들이 다 폭력에 물든 뒤였잖아요. 개인이 개인에게 폭력을 쓰는 일은 간헐적으로 계속 있었던 것 같아요.

권배가 잠시 말을 멈추고 천장에 시선을 둔다.

권배 고등학교 올라가서는 전혀 그런 게 없었어요. 그때 제가 운동을 엄청 했어요. 또 당하고 싶지 않아서요. 체육관에 가서 사람 패는 운동부터 일부러 배웠어요. 그런 게 소용이 있을지는 모르겠지만. 어쨌든 고등학교 때는 폭력을 당하지 않았고 굉장히 몸이 좋았어요.

고등학교 2학년 때인가? 길을 가다가 중학교 때 나를 괴롭혔던 애를 딱 마주친 거예요. 걔도 저를 알아본 거죠. 저 때문에 퇴학당했던 애인데 "어, 권배 이리 와 봐" 하는 거예요. 그 순간 숨이 멎는 것 같았어요. 몸이 나도 모르게 막 떨리고, 꼼짝도 못 하고 있었어요.

손을 위로 올리면서 점점 가까이 다가오는데 저는 또 맞을까 봐 무서워서 걔 손을 딱 잡은 거예요. 걔가 "이것 봐라" 하면서 손을 빼려고 하는데, 정말 의도해서가 아니라 진짜 무서워서 걔 손을 꽉 잡고 있었어요. 너무 무서워서. 내 몸이 굳은 거죠.

그런데 얘가 아무리 힘을 써도 손을 못 빼는 거예요. 내가 더 세진 거예요, 걔보다. 훨씬 더 세진 거죠. 그럼에도 나는 그 순간이 무서웠던 거고요. 완전히 얼어붙은 거예요. 여기서 이 손이 나가는 순간 죽을 것 같았거든요. 그렇게 숨이 막힐 정도로 힘들고 두려웠어요. 2년, 3년이 지났는데도 불구하고.

그 후 많이 바뀐 것도 있어요. 20대 때는 나를 모르는 친구들이 많으니까 센 척, 말 그대로 강한 남자 스타일로 지냈고요. 내가 당했기 때문에 다른 사람한테 폭력을 쓰거나 그러진 않았지만, 누가 말하면 무시하고 약한 애들처럼 취급하는 식으로 오히려 내가 그렇게 사람을 대했던 적도 있었

남자 반

어요. 중학교 2학년 때의 기억이 더 안 좋은 내 모습을 만들어 버린 거예요.

그런 경향이 30대 때까지도 이어졌어요. 내 삶 자체를 완전히 다 뒤틀어 버린 거죠, 그때 그 자극이. 저는 그런 경험이 있어요.

의현 중학교 때가 제일 힘들었어요. 너무 뒤죽박죽 섞인 기억들이긴 한데요. 중학교 때 좋은 기억을 누가 물어보면 생각이 안 나고, 오히려 안 좋은 기억이 떠올라요. 초등학교에서 친했던 친구들이 중학교에 갈 때 다른 반으로 흩어지거나 다른 학교로 가 버린 거예요. 완전히 새로운 애들이니까 적응도 안 되고 그러다 한 달 뒤였나, 반 애 1명이 갑자기 저를 밀치더라고요. 선생님도 놀라고 저도 뭔 일인지 모르겠고. 기억이 없는 걸 수도 있는데 그래도 1학년 때까진 괜찮긴 했어요. 그렇게 간헐적으로 괴롭히거나 그런 건 있었는데 큰 거는 없었어요.

문제는 2학년 때인데, 1명이 집중적으로 뭐라 했어요. "재수 없다"거나 "되게 나댄다"면서 계속 괴롭히더라고요. 제가 쉬고 있을 때도 툭툭 치고 어떨 때는 걔 친구를 동원해 같이 때리기도 하고.

좀 더 충격을 받았던 건 여름이 되기 전이었을 거예요. 절 괴롭힌 애하고 몇 번 싸우면서 상황이 최악까지 갔었어요. 그런데 저에게 동조해 주거나 저를 지지해 주는 애가 점점 없어지는 거예요. 1학년 때 좀 친했던 애가 있어서 너라도 이 상황을 정확하게 말해 줄 수 있지 않느냐고 그랬는데, "내가 너와 언제 친했냐?"라면서 표정이 싹 바뀌는 거예요. "내가 너 같은 찌질이 새끼하고 친했다고? 내가 어디 돌았었나 보다" 이런 식으로 말하는 걸 보고 충격을 많이 받았죠. 그러고 나니 '남아 있는 몇몇 친구들도 사실은 나를 이렇게 보고 있지 않을까' 하는 생각이 들면서 갑자기 공포심이 밀려 왔어요.

그때 진짜 죽고 싶었어요. 그래서 엄마도 아빠도 없고 집이 비어 있을 때, 죽을 각오로 집에 굴러다니는 칼로 손을 찍을까 하기도 했어요. 그러다 말았어요. 근데 그때부터 속이 계속 쓰리더라고요. 원래 알레르기성 비염이 있었는데 그 증상이 더 강해지고 과민성 대장 증후군도 생겼어요. 처음에는 학교에서 선생님한테 화장실 간다고 조용히 얘기하고 몰래 갔었는데, 괴롭히던 애가 그 패턴을 읽었는지 갑자기 제가 들어가 있는 화장실 칸을 발로 차면서 욕을 하더라고요. 어처구니가 없었어요.

남자 반

'정말 이 학교에 다녀야 하는 걸까, 근데 이 학교가 그나마 집에서 가깝고 중학교는 의무 교육이니까 자퇴할 수도 없고……' 이런 생각을 하면서 그렇게 2학년을 보냈어요. 3학년 때는 이동식 수업을 하는데요. 여태까지 괴롭혔던 애 말고 배신한 애 말고 전혀 모르는 딴 애가 수업 끝나고 이동하는데 저한테 갑자기 두꺼운 책을 확 던지는 거예요. 저는 못 피하고 그걸 그대로 맞았어요. 그리고 쓰러졌는데, 그다음에 뭐 했는지 기억이 안 나요. 그 두꺼운 책을 맞은 이유를 아직도 모르겠어요. 때린 이유를 아직도 모르겠고, 그렇게 해서.

의현이 한숨을 내쉰다.

의현　중학교 3학년이 되면 고입 시즌이 슬슬 다가오잖아요. 고등학교는 근거리 배정이라고 해서 "뺑뺑이 돌린다"고들 이야기하잖아요. 그 소리를 듣고 나니까 공포감에 휩쓸리는 거예요. 내가 완전히 다른 동네로 가면 다행이지만, 자칫 잘못하면 근처 학교에서 걔네들을 다시 다 만날 수 있겠다는 공포감이 들었어요.

그러다가 친척 소개로 한 고등학교를 알게 됐어요. 특성화 고등학교라서 시험을 쳐서 붙어야 들어갈 수 있는 곳이었는데요. 성적은 안 되는데 어떻게 실기를 잘 봐서 들어갔어요. 중학교 3학년 가을쯤 됐을 때 합격했다는 통보를 받았는데, 연락을 받은 그다음 날이었나 애들 반응이 아직도 잊히지 않아요.

여태까지 저한테 뭐라고 했던 애들, 저를 괴롭히거나 알게 모르게 툭툭 쳤던 애들, 제 이름 걸고 욕하고 조롱했던 애들. 다 싹 바뀌는 거예요. "너 그 학교 갔다며?" "진짜 대단하다." 심지어 절 괴롭혔던 애들까지 저한테 그런 얘기를 하니까 "어, 고마워" 이런 식으로 엉겁결에 대답은 했지만, 되게 가소롭더라고요. 이게 참, 사람이 이렇게 한 순간에 확 바뀌는구나.

잠시 침묵이 이어진다.

의현   그런 냉소를 안고 고등학교에 갔어요. 1학년 1학기까지 편하지는 않았어요. 왜냐면 이미 전 학교에서 그런 일을 겪었으니까 여기도 똑같을 거라는 생각을 많이 했거든요. 실제로 1학기 초까지 많이 힘들었던 것 같아요. 애들하고 몇 번 트러블 생기고 싸울 뻔하기도 했어요.

                                                 남자 반

반 친구 1명하고 시비가 붙었어요. 저한테 자꾸 빵을 사다 달라고 하는 거예요. 제 개인적인 상황을 몰랐을 거예요. 한번은 연극 수업 시간이었는데 끝나고 빵 사다 달라는 식으로 저한테 이야기를 하는 거예요. 하기 싫다고 하다가 싸움이 붙을 뻔했어요. 서로 멱살을 잡았나 그랬는데, 그때 선생님이 수업을 중단시키고 일종의 집단 상담 같은 상황으로 끌고 가셨어요. 연극 선생님이 학교에서 상담 선생님이었거든요.

진행하면서 제가 중학교 때 있었던 이야기를 풀어서 말하고는 "이 반 애들 다 못 믿겠다"고 했어요. 그러니까 나한테 돈 쥐여 주며 뭐 사다 달라고 하는 거, 노래 부르게 하는 거 이런 것 좀 하지 말아 달라고, 아직도 뭔가 괴롭힘을 당하는 기분이라고 했어요. 그랬더니 그 후부터 친구들이 그런 걸 안 하더라고요. 처음에는 '이렇게 1달 그러다 말겠지' 했는데, 졸업할 때까지도 저한테 사적으로 소위 셔틀 짓을 시킨 애들은 없었어요.

오히려 혼자 매점 갈 때 같이 가자고 하는 애들도 있고. 그래서 고등학교 때 이후로 그나마 어두웠던 시기를 벗어났어요. 2학년 이후에는 친구들도 많이 생기고 그랬죠. 지금도 연락하는 친구들이 있는데 조금 미안한 게 뭐냐면 중학교 때의 안 좋은 기억들이 쌓여 있다 보니까 이 친구들한테도 잘 하지 못하겠더라고요. 제가 먼저 친구들에게 안부를 물은 적이 거의 없어요. 커 가면서도 계속 그런 게 누적되는 것 같아요.

/ 305번째 사연, 22살 남자

학창 시절, 저는 왕따였습니다. 왜 그랬는지 모르겠습니다. 저는 게임도 하지 않았고 운동도 하지 않았습니다. 이유가 있다면 그거겠죠. 그냥 자기네들 눈 밖에 난 것 같습니다. 괴롭히는 방법이 참 치사했어요. 책상·의자에 껌 붙여 놓기, 신발에 압정 넣어 놓기, 자전거 의자에 진흙 묻혀 놓기, 교과서 찢어 놓기 등등. 너무했죠. 하지만 그때는 학교 폭력을 쉬쉬할 시절이었습니다. 또 남중이었죠. 선생님들도 대부분 옛날 사람이었습니다. 아무도 뭐라 하지 않았죠.

따로 지내게 해 줬으면 좋겠다는 생각을 자주 했습니다. 처벌도 필요 없으니 제발 그놈들 얼굴 안 보고 안 마주치는 게 소원이었습니다.

2교시 / 그때의 감정

피디 두 번째 질문을 할게요. 그 당시에 느꼈던 감정들, 앞에서
도 말씀해 주시긴 했는데요. 저는 '내가 뭘 잘못한 걸까?'
'내가 뭘 고쳐야 하는 걸까?' 이런 걸 끊임없이 생각했었거
든요.
그런 감정이나 생각들에 대해 나눠 주셨으면 해요. 이번엔
성호 님부터 할까요.

성호 그때 저는 되게 반항적인 생각을 많이 했어요. '내가 왜 이
런 수모를 겪고 살아야 하지?' 하는 생각이 바탕에 있었고
요. 물론, 계속 상황을 변화시킬 방법을 찾으려고는 했어
요. '이 굴레를 어떻게 하면 벗어날 수 있을까.' 그러다가

이런 상태가 점점 익숙해지니까 해결하려고 하기보다는 참는 쪽으로 변했던 것 같아요.

빨리 고등학교를 졸업해서 다시는 이 동네에 오지 말아야 겠다고 생각하며 살았어요. 물론 지금도 그런 생각을 하고 있죠. 제가 사는 동네에는 이제 안 가니까요. 부모님만 살고 계시고 저는 안 가요.

제가 느꼈던 걸 나열해 보자면, 누가 손을 뻗어 주면 좋겠는데 몇 번 뻗어 주는 것만으로는 안 될 것 같기도 했어요. 점점 제가 직면하는 모든 상황을 다 불신하게 되기도 했어요. 학교 선생님도 나를 도와주지 않을 거고, 부모님도 나를 도와주지 않을 거고, 저기 지나가는 사람도 나를 도와주지 않을 거고. 학교에서는 나를 모른 척하지만 밖에서는 나를 알아보는 친구도 나를 도와주지 않을 거고.

나 혼자 어떻게 해서든 이 상황을 버텨야 하는데, 이거를……. 못 버틸 것 같으니까, 힘들어하니까 내가 되게 무능력한 사람인 것 같고. 고등학교 때 한창 그런 생각을 많이 했어요.

대학교 올라와서는 다른 애들을 보면서 그런 생각이 들었어요. '쟤는 왜 그렇게 학창 시절을 즐거워할까.' 고등학교 시절로 돌아가고 싶다는 말이, 도무지 이해가 안 갔어요.

남자 반

그 시절에 저는 스스로를 되게 '낮은 사람' '최하층'이라 여겼어요. 그리고 그냥 이 상황을 인정해야 한다, 빨리 인정해야… (목이 메는 소리로) 그래야 그나마 좀 낫지 않을까 하는 생각으로 살았던 것 같아요. 지금 되게 두서없이 얘기한 것 같은데….

피디 두서없이 말해도 괜찮아요.

권배 그 영화 있잖아요. 양동근 씨 나오는.

요셉 〈응징자〉.

권배 〈응징자〉. 저는 그 영화를 보지 못 하겠거든요. 그리고 한때 영화 〈친구〉가 엄청 붐이었잖아요. 그 사람들 입장에서 보는 영화지, 걔네한테 당했던 사람들 입장에서 보는 영화는 아니잖아요.

의현 저는 생각해 보면, 계속 잠만 잤던 것 같아요. 그런 일들을 겪다 보니 학교에서 일찍 돌아오고, 태권도장은 저녁에 가니까 그 사이에 몇 시간의 틈이 있잖아요. 그때 계속 잠만 잤던 기억밖에 안 나요. '내가 뭘 고쳐야 하지' 혹은 '뭘 해야 하지' 이런 생각도 안 나고요.

그러고 보면 저도 참 웃긴 게, 꿈에 나오는 내용이⋯ 나를 괴롭혔던 애들하고 싸우다가 그 애들을 밀쳤는데, 걔네가 차에 치이는 그런 꿈 있잖아요. 악몽치고는 참 기이한데 계속 그런 이미지들이 떠올랐어요. 요즘은 꿈을 잘 안 꿔요. 거의 까만 화면만 나와요. 부정적인 감정들이 계속 쌓여서 그런 것 같아요.

권배   아까 질문이 뭐였죠?

피디   그 당시 내가 느꼈던 감정들이요.

    권배, 재경 쪽으로 손을 뻗어 순서를 알린다.

재경   아.

권배   (웃으며) 또 막 떨리는 것 같은데.

    다들 웃으며 재경을 주목한다.

                         남자 반

재경   만약에 저에게 말더듬이라는 게 없었다면 지금 여기에 안
나와 있을 거고, 분명히 더 잘 살 거라고 생각해요. 그런데
저는 누구를 왕따시키고 싶단 생각은 한 번도 한 적 없어
요. 제 마음이 많이 힘들고 지치고 그랬지만, 그래도 긍정
적이었어요. 학교 다닐 때 만난 친구 1명 덕분이죠. 그 친
구는 저하고 잘 맞고 긍정적이고 되게 좋았어요. 글도 잘
쓰고 그림 같은 것도 잘 그리고요. 저는 잘하진 못했지만
그 친구 덕분에 책도 보고 글도 쓰면서 제게 있었던 일들
을 다 적고 그랬어요.

여기에 나온 것도 그 친구 덕분이 아닐까 싶어요. 그 친구
로 인해 좀 더 배우고 그래서 글을 더 잘 쓸 수 있게 되어
서요. 아무래도 제가 왕따를 당했을 때도 긍정적일 수 있었
던 건 그 친구 덕분 같아요.

권배   이제 제가 이야기하면 되나요? 그 당시에 가졌던 감정이라
고 하면 '분노'죠. 나를 괴롭힌 애들을 죽이고 싶은 마음이
매우 컸고요. 억울함, 분노 같은 감정을 잘 조절하지 못하
겠더라고요.

주변 사람들이 분명히 알고 있을 텐데 저를 외면하는 상황
에 대해서도 이런저런 감정이 많이 들었어요. '어차피 세상

에 내 편은 없구나' '나는 혼자구나, 혼자 살아야겠구나.' 그
리고 그 감정들이 사그라지는 데까지 굉장히 많은 시간이
걸렸어요.

중학교 때 일을 생각하면 피가 끓어 올라요, 지금도. 그 감
정들은 잊히지 않아요, 절대로. 만약 그 친구들을 다시 만
난다면 솔직히 무슨 짓을 할지 모르겠어요. 시간이 지나고
노력을 하면 뭔가 달라질 거라고 생각했는데, 모르겠어요.
20년이 지났는데, 아니 20년이 아니라 28년이 지났네요.
28년이 지났는데도 그때 그 친구가 내 눈앞에 나타난다?
절대 그냥 좋게 보내진 않을 것 같아요.

요셉 저는 감정이라 하면, 권배 형님이 말씀하셨던 '분노' '화'
이런 것으로 시작해 '고독' '외로움'에 사로잡혔던 것 같아
요. 고독과 외로움 속에 있다 보니 '나는 할 수 없다' '나는
혼자다' '나를 도와줄 사람은 없다' 같은 생각만이 머릿속
을 빙빙 맴돌았죠.

당연히 꿈이 있을 수 없었어요. 지금 이런 일들, 이런 감정
을 겪고 있는 친구들이 분명 있겠죠. 그 친구들이 피할 수
있으면 좀 피했으면 좋겠어요.

저희 때는 검정고시에 대한 인식이 안 좋았어요. 저도 마찬

남자 반

가지로 인식이 되게 안 좋았고요. 검정고시는 정말 질 안 좋은 애들이 학교 때려치우고 하는 거라는 편견이 강했는데요. 제가 막상 검정고시를 보게 되니까 그런 시선들이 무섭더라고요.

그래도 무언가를 꼭 해야만 한다는 의무감 때문에 자신의 가치관을 잃어버리지 않았으면 좋겠어요. 차라리 피할 수 있다면 피하고, 조금 돌아가더라도 상처받지 않고 꿈을 이뤘으면 좋겠어요.

피디 '어렸을 때의 나는 어떤 아이였나요?'라는 질문을 하고 싶은데요. 학창 시절을 보내기 전의 기억 혹은 부모님께 들었던 얘기들이 있으신가요?

의현 기억이 거의 나지 않아요.

성호 저는 솔직히 소외되기 전에는 내가 어떤 아이였는지, 저에 대한 기억이 거의 없어서 잘 모르겠어요. 왕따를 당하기 시작한 게 초등학교 시절부터였으니까 그전이면 미취학 아동 시절이죠. 그래서 그때의 제 이미지를 그려 보라고 하면 선뜻 그리질 못하겠어요. 제가 어떤 사람이었는지 모르겠네요, 그때는.

재경　저도 왕따를 당하기 전에는 어땠는지 기억이 안 나요. 그 기억이 없어서 조금 아쉬워요. 저도 예전에 그 점에 대해 생각을 많이 했었는데, 학창 시절에는 너무 숨기고 살다 보니까. 말도 없고. 그래서 많이 후회됩니다.

권배　저도 비슷해요. 중학교 2학년 때 그런 일을 겪었는데 그전의 기억은 30살 초반까지도 떠오르지 않았어요. 그러다 제가 24살, 25살일 때 그러니까 16~17년 전이었나. '아이러 브스쿨'이라는 사이트가 있었어요. 예전 학교 동창들을 찾아서 만날 수 있게 해 주는 사이트였죠. 당연히 중학교 동창들은 안 만났고요. 초등학교 동창들을 만나러 간 적이 있어요. 그때 만난 동창들이 어렸을 때 제가 어떤 아이였는지 이야기를 해 줬는데, 너무 낯설고 생소했어요. 내가 그런 애였는지 몰랐어요. 그런데 지금 이 시점이 되니까 하나씩 그전의 기억이 나요.

중학교 2학년 때 있었던 '그 일' 이전의 내 모습을 전혀 기억해 내지 못하는 이유가 무엇일까 생각해 보곤 해요. 제 결론은 하나를 끄집어내면 100퍼센트 다른 기억과 연결되기

남자 반

때문이란 거예요. 관련된 모든 기억을 다 차단하지 않으면 또다시 고통스러워지니까. 그래서 기억이 없어요. 이제야 그때 일을 마주 보고 이야기할 수 있게 됐고, 그러니까 동시에 조금씩 그전 또는 그 이후의 기억들이 되살아나기 시작했어요.

의현 교회 친구 중에 초등학교 때 친구들이 몇 명 있었는데요. 네가 학예회 때 뭘 했었다, 초등학교 때 너는 어땠다, 이렇게 말해 줘도 기억이 안 나는 거예요. 어딘가에 구멍이 뻥뻥 난 것처럼 기억이 나긴 하는데 무언가 비어 있는 거죠. 어떨 때는 집에 있는 사진을 봐야만 기억이 날 때가 있어요. '내가 학예회에 나갔었구나.' '반장 선거에 나갔고 반장이 됐었구나.'
그런 게 참 무섭더라고요. 그래서 누가 제 어린 시절이 어땠냐고 물어보면 대답을 못 하겠어요. 자소서 쓸 때도 기억이 안 나서 못 쓰겠는 거예요. 그런 상태예요.

요셉 저는 몸은 30살이지만 마음은 17살에 머물러 있다고 생각해요. 아직 어려요. 그리고 소외되기 이전의 기억을 말해 줄 친구가 없어요. 초등학교 때 전학을 너무 많이 다녀서 제 기억이 좀 왜곡된 것 같아요. 초등학교 시절의 나도 중학교 시절의 나와 같았던 것 같은 느낌이에요. 그때의 기억이 없어요.

/ 161번째 사연, 23살 남자

중학교 때 그 당시 친구들 사이에서 잘나가는 아이, 키도 크고 집안도 꽤 잘 사는 애가 1명 있었습니다. 그 친구는 소심했던 나에게 먼저 손을 건네고 친하게 지내자며 다가왔어요. 처음에는 잘 지내는가 싶었지만 몇 달이 지나고 그 친구 주변으로 불량한 애들이 하나둘씩 모여들었습니다. 그러더니 어느 순간, 여러 명이 저에게 심한 장난을 치면서 먼저 시비를 걸었죠.

정말 견디기 어려웠던 것은 반에서 일어나는 자잘한 사건을 꼭 저와 연관시킨다는 것이었어요. 누군가의 지갑이 사라지는 일이 생기면 저에게 의심의 화살을 쏟아 붓는 식이었죠. 아무리 해명을 해도 그 누구도 저를 믿지 않았습니다. 오히려 더 범인으로 몰아갈 뿐이었어요.

그렇게 악몽 같은 3년을 겪으며 고등학교를 졸업하고 성인이 된 지금, 저에게 남은 것은 사람에 대한 두려움입니다. 가장 견디기 힘든 건 이거예요. 난 지금도 우울증과 트라우마로 힘들어하고 있는데, 가끔 SNS에 뜨는 가해자들은 굉장히 행복해 보인다는 사실.

3교시 / 가해자와 방관자

피디   여기부터는 돌아가면서 인터뷰하기보다 아까 처음에 만나
셨을 때 서로 이야기하는 느낌으로 하시면 좋겠어요. 그때
주변인, 그러니까 반 아이들이나 선생님은 어떤 반응이었
는지 궁금합니다.

요셉   솔직히 선생님이나 친구들이나 다 방관자였기 때문에 딱
히 할 말이 없어요.

권배   방관자. 오히려 가해자에 더 가깝고, 심지어 가해자보다 더
미웠어요. 자기들은 "나는 모르는 일이야" 또는 "가해를 하
지 않았으니까 나는 나쁜 사람이 아니야"라는 식으로 빠져

나가려고 하는 거거든요. 더 밉죠. 어떻게 보면.

성호 그게 눈에 보일 때가 있잖아요. 그 상황을 피해 가려는 눈빛을 보면 좀 원망스럽더라고요.

의현 선생님마다 좀 다른 것 같아요. 그런 상황을 접했을 때 "이게 왜 문제냐"고 하면서 무신경한 분도 계시고, 적극적으로 해결해 주려고 하시는 선생님도 있잖아요. 그런데 실은 선생님들이 해결해 줄 수 없는 부분이 있어요. 집단 안에서 해결 불가능한 부분들이 너무 많더라고요.

나중에 커서 사회학 수업을 들으며 학교 폭력 관련 사례를 접했어요. 토론 수업을 할 때도 주변에 학교 폭력을 겪었던 분들의 이야기를 들어보니, 학교 내에서 해결할 수 없는 부분이 많더라고요.

선생님들도 돕고 싶지만 행정적으로 어려운 부분이 있고, 학부모들이 "왜 편애하냐"는 식으로 나오는 경우도 있고. 이해관계가 얽힌 부분이 많아요. 그래서 한편으로는 학교 내에서 해결하려고 하는 건 좀 부질없다는 생각까지 들더라고요. 학교에서는 캠페인 같은 것으로 교육하지만, 실효성이 있다는 생각은 안 들어요.

남자 반

권배 해결을 바라지는 않았어요. 이 문제를 해결해 달라고 누구에게 원한 적도 없고 해결될 거라고 생각한 적도 없어요.

의현 해결해 달라고 해도 안 된다는 걸 전 나중에 알았어요, 한참 뒤에야.

권배 당시 선생님에게 말을 전하는 학생도 거의 없었지만, 간혹 전한 학생이 있었어도 그 반의 가해 학생들 몇 명이 선생님한테 불려가서 약간의 꾸지람을 들었던 것이 전부였어요. 그 이후에 고발했던 애는 지옥 속에서 살았어요. 결국 개들의 충실한 하수인이 되더라고요.
그냥 이런 일이 있다는 사실을 있는 그대로 받아들여도 충분한데……. 선생님한테도 애들한테도 해결해 달라고 한 적 없어요. 주변의 방관자들에게 "네가 나서서 날 좀 도와줘" 혹은 "안 도와줬으니 난 너 싫어" 이런 게 아니에요. 외면했던 것… 외면했던 이유는 너무나 간단하죠. 자기는 나쁜 사람 되기 싫은 거예요. 내가 안 했으니까. 내가 안 때렸으니까. 내가 욕하지 않았으니까. 내가 왕따시키지 않았으니까. 그러니까 자기는 전혀 그런 것과 상관없는 사람으로 남으려고 하는 거죠. 사실 그게 사람을 더 힘들게 만들었어요.

성호   가끔가다 그런 사람들도 있었어요. 지켜보다 자기 죄책감에 찔렸는지 상황이 다 끝나고 나서 저한테 괜찮냐고 물어보는 사람이요. 그때는 그것마저 고마웠는데 지금은 자기 죄책감을 저한테 해소한 것 같다는 생각이 드는 거예요. 이것도 되게 괘씸하고. 그냥 이용당한 것 같고 막. 기분이 썩 좋지는 않아요.

권배   양심의 가책을 느끼기 싫어서 말했을 뿐이니까.

성호   네.

권배   어떤 것도 하지 않으려고.

성호   덧붙여서 저도 선생님한테 한번 얘기해 본 적이 있어요. 얘기했다가 조사하는 데만 3달이 걸렸어요. 그리고 그 3달 동안 아무것도 안 했어요. 학교에 소문만 퍼졌어요. "얘가 신고했다. 찌질하게." "남자끼리 싸운 건데, 장난친 건데, 얘는 그걸 못 버티고 찌질하게 신고했다." 결정적으로 선생님들은 제 고통을 업무적인 면으로 봐요.
저의 고통. 내가 느끼는, 너무 힘들고 살기 싫고 이런 걸 그

        남자 반

냥 서류 1장으로 봐요. 제 고통이나 걔네가 했던 행위들을 업무로만 보고 처리해야 할 일로만 보니까 소통이 안 되는 거예요.

의현 싸우고 나서도 조사 없이 다 반성문만 쓰라고 해요. 피해자든 가해자든 상관없이 반성문만 쓰라고요. 나는 그냥 애가 시비를 걸어서 휘말려 싸웠는데 내가 잘못했단 식으로 반성문을 쓰라고.

권배 그러니까, '싸움'이라는 거잖아요. 싸운 편이 일방적으로 당한 것보다 낫거든요. 싸웠을 때는 최소한 나의 의지가 있었어요. 그런데 내 의지와 무관하게 당했다는 이 느낌은 지금도 지울 수가 없는 거예요.

피디 혹시 내 주변에 나를 지켜 줬거나 나에게 힘을 줬던 친구가 있었는지, 있었다면 그 친구가 어떤 영향을 미쳤는지에 대해 말씀해 주실 수 있나요.

의현 (손을 들면서) 제가 먼저 해도 될까요. 저는 집 근처에 학교가 있었고 다니던 교회도 집 근처에 있었어요. 교회 친구

중에 같은 학교 다니는 애들이 있긴 했지만 개들이 학교 안에서 저한테 도움을 줄 수는 없었어요. 그래도 그냥 방관한다든가 배신한다든가 그러진 않더라고요. 학교 안에서는 상황을 지켜보다가 학교 밖에 있을 때는 "같이 피시방 가자"고 해요. 그런 식으로 그 친구들하고 시간을 보냈어요. 그런 친구들이 정말 몇 안 되긴 하죠.

그런데 이제 그 친구들이 사회생활을 하느라 교회를 잘 안 나오다 보니까 오히려 지금은 제가 안타까워요. 이제는 제가 밥 먹자고, 놀자고 해야 하잖아요. 그런데 그걸 못 하니까 미안해지는 거예요. 그런 미안함이 있죠. 고등학교 때 친구들도 똑같아요. 그 친구들하고 더 친해지면 좋은데, 친해질 수 있는 계기를 못 만들겠더라고요. 말도 못 걸고 연락도 못 하고 그나마 SNS로 연락하는 친구들이 있는데 직접적으로 만나자는 연락은 못 하겠어요.

요셉 처음으로 제 편이 되어 준 친구가 있어요. 고등학교 때 자퇴하고 나서도 계속 연락해 주고 도움을 준 친구거든요. 앞으로 학교 안 다닌다고 포기하지 말라고 검정고시 보면 되고 아르바이트하면서 하면 된다고. 그때 아르바이트도 같이 구해 줬거든요. 또 제가 꿈도 없이 방황하니까 찬양 집

남자 반

회 한번 가 보자고 하더라고요. 그때 너무 좋았어요. 기도
도 같이 해 주고 그래서 꿈도 갖고. 그 친구 덕분에 그때 찬
양 사역자라는 꿈을 갖게 됐거든요. 많이 고맙죠. 사실 학
교에서 자퇴하기까지 몇 개월 안 걸렸는데 그 짧은 시간에
얼마 친해진 것도 아닌데 내 편이 되어 준 거니까.

보통 집회에 가도 각자 자기 문제가 있어서들 가잖아요. 그
런데 그 친구는 제게 손을 올리고 기도하면서 "너는 꼭 저
사람처럼 찬양 사역자가 될 거야"라고 저를 격려해 줬어요.
생일 때는 케이크를 사서 초 불어 주고 아르바이트 구하는
것도 먼저 나서서 알아봐 주고. 더 많은데 기억이 잘 안 나
네요.

제일 친한 친구였거든요. 얼마 전까지. 그런데 지금은 그
친구랑 연락이 끊겼어요. 제가 조금 잘못한 일이 있어서 연
락이 끊겼는데. 혹시 이거 보면… (웃으며) 연락했으면 좋겠
습니다.

의현　고등학교가 남녀 공학이다 보니 친구들 중에 여자애들도
있고 남자애들도 있었는데요. 그중에 아직도 기억에 남는
여자애가 하나 있어요. 요즘 말로 남사친, 여사친 그런 사이
였죠.

고등학교 임시 소집 때 처음 만났던 친구예요. 그때는 서먹
서먹했는데 걔가 갑자기 말을 걸어서 친해졌어요. 반 배정
이 되고 나서 교실에 앉았는데 거기서 또 만난 거예요. 정
말 반가웠어요. 그러다 어느 날 갑자기 "야, 현군 매점 가
자!"이러는 거예요. 물론 그때는 같이 매점 가는 친구들이
있었지만, 3학년이 되어서도 먼저 매점 가자고 했던 건 그
친구를 포함해 3명 정도였던 것 같아요. 그 친구랑 고등학
교 3년을 같은 반으로 지냈어요. 대학 가서도 자주 연락은
했는데, 그런데…….

잠시 침묵이 흐른다.

의현 사인은 모르겠는데, 그 친구가 몇 년 전에 죽었어요. 그 부
고를 좀 늦게 듣고 나서 후회가 많이 됐어요. 이미 장례까
지 다 끝난 후에야 그 소식을 듣고 저 자신이 너무 원망스
러운 거예요. 사인이라도 알았으면, 그게 자살이든 병사든
사고사든 뭐가 됐든 이해하고 납득했을 것 같은데. 아직도
사인을 몰라요. 그런 친구가 있었어요. 그런 친구가 있었다
는 게 감사한 일이에요.

/ 198번째 사연, 20살 남자

초등학교 2학년 때였습니다. 반에서 친했던 아이가 하나 있었는데 어느 날 싸우게 됐습니다. 그런데 다음 날 걔가 학교 주차장에 저를 끌고 가더라고요. 거기서 또 다른 아이 2명이 저를 폭행했습니다. 일명 '공룡 놀이'라고 명명하고는 저를 세워 놓고 때려서 넘어뜨리기를 점심시간이 끝날 때까지 반복했습니다. 한번은 가해자 2명이 반 친구들에게 "오늘 점심에 쟤를 때릴 테니 구경하고 싶은 사람은 주차장으로 와라"라고 한 적이 있습니다. 반 학생 다수와 일부 다른 반 학생들이 구경을 왔습니다. 맞기 시작했을 때 맨 앞줄에서 구경하던 어떤 여자아이가 했던 말이 아직도 기억이 납니다. "아, 재미없게 맞기만 하네."

주위 아이들은 제가 당하는 폭력에 철저하게 무관심했고 애써 저를 무시하려 했습니다.

다 같이 웃으며 저를 구경했죠. 그 애들에게는 그냥 재미있는 TV 프로를 보는 것 같은 거였죠.

4교시 / 가족

피디   당시 내가 겪은 소외가 가족에게 어떤 영향을 미쳤을까요.
혹시 형제·자매와 같은 학교를 나온 분이 있다면 그런 걸
얘기해 주셔도 됩니다.

성호   저 먼저 할게요.

피디   네.

성호   이런 이야기를 해도 될지는 모르겠는데, 일단 해 볼게요.
부모님은 제가 왕따당하는 걸 몰랐어요. 제가 자살 시도를
하기 전까지. 이런 얘기해도 되나요?

피디   저희는 괜찮은데… 원하시면 말씀하세요.

성호   저도 괜찮아요. 저, 그러면. 저는 자살 시도를 해 봤거든요. 어느 날 갑자기 그냥 너무 힘들어서, 사실 그때 기억이 잘 안 나요. 갑자기 내가 죽어야 할 것 같고… 내가 죽으면, 내가 죽어도 변할 건 없는데 내 마음은 편해질 것 같은 기분이 드는 거예요.

이상하게 들리실 수도 있는데, 기분이 좋았어요. '내가 빨리 죽어서 이 고통에서 빨리 벗어나면 많이 편안해질 것 같다.' 그래서 약간 들뜬 마음으로 잤어요. 아침에 자고 일어났는데, 부모님이 문을 따고 들어오시더라고요. 저를 막 흔들어서 깨우는데, 일어나 보니까 엄마 아빠가 눈물범벅인 거예요.

그때 딱 느꼈어요. 부모님이 나를 중요하게 여긴다는 걸. 학교 폭력을 당하고 있다는 이유로 그 사실을 외면하고 살았던건 아닐까. 내가 만약 진짜 죽었더라면 나는 죽는 순간까지 부모님이 나를 좋아했다는 것을 못 느끼지 않았을까. 내가 죽음의 문턱까지 와서야 내 편이 있었다는 걸 그때 느껴서…… 죄송한데 질문이 뭐였죠?

다 같이 웃는다.

피디 너무 집중하다가 질문을 까먹었어요.

성호 저도 까먹었네요.

피디 가족에게 어떤 영향을 미쳤는지에 대해서요.

성호 죄송해요. 그날 깨어난 뒤로 바로 학교에 가서 온종일 잠만 잤어요. 내가 죽으려고 했던 기억도 그냥 스쳐 가고요. 그러고 집에 돌아왔는데 평소와 너무 똑같았어요. 똑같았는데 방에 들어가니까 눈물이 났어요. 내가 왜 죽어야 하는 건지 그 이유를 이해할 수 없다는 생각이 들었어요. 집안 분위기도 침울해진 것 같았고요. 집에 들어올 땐 평화로워 보였는데, 막상 제 방에 들어오니까 집안 분위기가 너무 침울해진 것 같더라고요. 그러고 나서 형이 저한테 오더니 죽지 말라고 이런 식으로 얘기를 하는데, 그날 진짜 너무 펑펑 울어 가지고.

성호가 소매로 눈물을 닦는다.

성호 그때 선택을 후회하긴 했어요. 그때 부모님 심경을 솔직히
     제가 표현할 수는 없을 것 같아요. 엄청 힘들었을 것 같고,
     내 문제인데 부모님은 당신의 문제라고 생각할 것 아니에
     요. 그 생각을 하니까 너무 슬픈 거예요. 또 돌아보면 저는
     잘못한 게 없는 것 같은데 그냥 잘못 걸려서 이렇게 된 것
     같은데, 이게 왜 돌고 돌아 부모님까지 당신들 잘못이라고
     생각하셔야 하는지. 부모님한테까지 피해가 갔다고 생각하
     니 너무 슬픈 거예요.
     부모님이 그때 얘기를 꺼내지는 않으세요. 저도 부모님이
     랑 그 일을 아직 터놓고 얘기한 적은 없어요. 서로 꺼내기
     싫은 기억 같기도 하고, 일단 저는 그냥 많이 챙겨드리려고
     하는데요.

     성호가 잠시 침묵한다.

성호 부모님께서는 제가 죽으려고 했던 기억을 막 잊게 해 주려
     고 하시는 것 같아요. 저는 그런 부분 때문에, 문제가 해결
     된 건 아니지만 해결됐다는 마인드로 새사람처럼 살았어
     요. 그때 이후로 엄청 긍정적으로 변했어요, 사람이. 여기
     까지입니다.

피디   티셔츠가 의미심장하네요.

다 같이 웃는다. 성호의 티셔츠에는 'LIVE'라는 문구가 쓰여 있다.

성호   (웃으며) 큰 그림 그려 왔어요.

가끔 그런 생각도 해요. 물론 자살 시도라는 게 하면 안 되는 거고 죽었으면 끝이었겠지만, 저는 그 이후로 엄청 잘 살고 있어요. 내가 왕따당해서 신경 못 쓰던 것들을 다시 느끼게 해 줬어요. 그래서 알게 모르게 저를 챙겨 줬던 사람들도 소중하게 여기게 되고 부모님도 챙기게 됐어요. 나는 과분한 관심을 받고 있었는데 그 대다수의 마음을 무시한 채 1명이 괴롭힌다고 내 목숨을 버리려던 게 어리석었다 싶고. 최대한 그렇게 안 살려고 하고 있어요.

재경   저는 부모님께 미안한 마음이 제일 큰데요. 이런 콤플렉스가 있다 보니까 부모님한테 진짜 안 좋은 소리도 많이 하고 욕도 많이 했어요. 그 점이 너무 미안한데요.

고2 때 가해자가 한 4명 정도 됐는데, 저를 쉬는 시간마다 건드리고 그러다 사건이 좀 커져서 부모님들이 다 오게 됐어요. 저희 엄마 아빠도 오시고 가해자들 부모님도 다 학교에 왔는데, 다 모인 다음에 가해자 부모님들이 저한테 사과하는 그런 방식이었어요. 가해자 부모님들은 이 사건을 빨리 좀 끝내 달라면서. 그 과정에서 가해자 부모님들은 우시고 그러는데 저희 부모님은 되게 당당하게 계셨어요. 저는 그런 점이 좀 좋았어요.

피디 왜 그게 좋으셨어요?

재경 거기서 만일 부모님까지 울었으면 저도 많이 창피했을 거고 지금 여기에도 안 나와 있을 것 같아요.

의현 저는 아버지에게는 얘기하지 못했어요. 아빠가 거의 새벽에 일하러 가면 저녁에 오시다 보니까 저하고 이렇게 얘기할 기회가 많이 없었어요. 엄마의 경우에도 제가 말할 엄두가 안 났는데, 어떻게 건너서 아시는 것 같더라고요. 그런데 덤덤하셨어요. 가끔 강해지라는 말씀을 하시더라고요. 물리적으로 강해지라는 게 아니라 강인함을 가지라는 거겠죠. 그런데 제가 잘 안 고쳐지다 보니까 가족에게 미안한 건 있어요. 군대 가서도 이게 잘 안 됐거든요.

남자 반

군대 동기들하고도 사이가 원만하지 않다 보니, 부대에서 엄마에게 연락이 가잖아요. 그럴 때는 무덤덤하게 얘기하시곤 했어요. "얘가 좀 어렸을 때 안 좋은 일도 있었고 그걸 못 버티는 성격이다 보니까 그래요"라고 하며 넘기셨는데, 그럴 때마다 미안했죠.

피디 왜 미안했어요?

의현 그러니까 내 문젠데. 엄마가, 나 아닌 다른 사람이 또 들어야 한다는 게요. 그게 무서워서 말할 엄두가 안 났던 거죠. 나중에 커서 "나 어릴 때 좀 힘들었어요" 그러니까 "그래 알지. 그래도 강해졌으니까 다행이네"라고 하셨어요. 저는 좀 덤덤했던 거 같아요, 그런 것들에 대해서.

요셉이 손을 든다.

요셉 저도 할 말 있어요. 저는 앞의 두 분하고는 좀 반대라서요. 저는 가정 폭력도 당했다고 했잖아요. 보통 가정 폭력이라고 하면 부모 중 한 사람에게 당하는데 저는 두 사람에게 당했어요. 공부를 못한다고 맞기도 하고, 부모님의 부부 싸움 화풀이 대상이기도 했어요. 그것도 학교 끝나고 밤 10시, 12시까지요. 일과가 학교 폭력과 가정 폭력 그리고 6시간 정도의 수면이었어요.

앞뒤 양옆 막힌 곳에 끼어 있는 것 같았어요. 저도 늘 자살하고 싶단 생각에 사로잡혀 있었죠. 중학교 때 도움을 요청할 곳이 하도 없어서 원수 같은 부모님한테 두 번이나 말한 적이 있거든요. 그런데 아무런 조치도 없었고 성적이 왜 그 모양이냐는 잔소리만 하셨거든. 똑같이 방관자죠, 부모님도. 지금도 사실 부모님과 연락을 안 하고 지내요. 두 분 모두하고.

몇 년 전에 집안일로 얘기를 하다가 제가 겪었던 일들을 한 번 더 얘기했었어요. 그런데 결국에는 "미안하다"고 한 마디 하시는데, 저는 그게 전혀 와 닿지 않더라고요. 솔직히 용서라는 게, 제가 용서하는 마음이 있어야 용서가 되는 거잖아요. 그런데 저는 전혀 용서할 마음이 없더라고요.

(성호와 재경을 보며) 이렇게 막 소중함을 깨닫고 그런 분도 있지만 저 같은 분도 있을 것 같아서 얘기해 봤습니다.

권배 요셉 씨 의견에 일정 부분 동감하는 편이에요. 제 나이가 마흔둘인데 아직도 제 부모님은 제가 겪은 일을 잘 모르세요. 말할 필요도 없었고 말해 봐야 의미가 없다는 걸 알았어요. 오히려 일이 더 꼬였을 거라고 생각했어요. 부모님이 저한테 폭력을 행사하진 않았지만.

다른 사람들을 믿지 못하게 됐어요, 물론 사회에 나와서 모두를 믿지 못하거나 의심하는 건 아니에요. 다만 나를 사랑해 준다든가 이런 걸 믿지 않게 되고 느끼지를 못해요. 그래서 다른 사람에게도 온전히 사랑을 줄 수가 없었어요. 사람들을 많이 사귀고 헤어졌는데, 지금 생각해 보면 그 친구들이 항상 저한테 했던 말들이 있거든요. "같이 있는데 외롭다"고요. 아마 그게 그 의미가 아닐까 싶어요. 왜냐면 온전히 마음을 줄 수가 없으니까. 가족한테는 말한 적 없지만 아마 지금도 그 일이 가족과의 관계에 영향을 미치고 있는 것 같아요.

점심시간 / 기억나는 학교의 풍경

피디 각자 학교에서 보낸 시간 속에서 기억에 또렷이 남는 풍경
이 있을까요? 인상 깊게 각인된 이미지라고 할 수도 있겠
고요. 예를 들면 체육 시간이라고 할까? 이런 게 있을 것
같은데 어떠세요.

의현 중학교 체육 시간 때 아무도 저를 안 끼워 줬어요. 축구든
뭐든 함께해야 하는 운동 경기에는 아무도 안 끼워 줘서
축구 실력이 아직도 안 좋아요.
체육 시간 하면 아무래도 안 좋은 기억이 많았는데요. 고등
학교 와서 상황이 반전됐어요. 고등학교 체육관에 배드민
턴을 할 수 있는 시설이 있었거든요. 맨날 친구들하고 배드

민턴을 하며 어울렸던 기억이 있어요. 애들끼리 툭하면 "야, 배드민턴 하자" 했었죠. 저희 학교에 공식 체육이라는 게 몇 개 있었어요. 배드민턴, 야구. 재밌는 게 학교가 야구로 유명했는데 딱히 야구하는 친구는 없었어요. 야구부 친구들도 배드민턴을 했으니까요.

배드민턴하고 또 기억나는 게 스타크래프트. 학교 컴퓨터실 선생님한테 걸리면 혼나긴 하는데 쉬는 시간 되면 몰래 가서 스타 하고 그때는 2007년이니까 롤은 아예 없었고 카오스 같은 게 있었던 시절이네요. 맨날 스타 하고 밥 내기, 커피 내기.

고등학교 때는 즐거운 기억이 꽤 많아요. 중학교 때는 다 같이 놀 때 아무도 저를 안 끼워 줬고 선생님이 일부러 저랑 같이 놀라고 하면서 등 떠밀면 애들이 썩은 표정으로 "망했다" 이런 식으로 말하곤 했는데 말이죠. 참 상반된 기억이 많아요.

요셉 저는 체육 시간에 별일 없었어요.

권배 저도 특별히 없네요.

성호   저도 딱히 체육 시간에는… 체육 시간이 아니어도 되는 거예요?

피디   네.

성호   그러면 저는 제일 힘들었던 게 그거. 수업 시간에 가끔 선생님이 그런 얘기를 해요. "너희들 가장 친한 4명끼리 조를 짜라." 그러면 저는 약간… 깍두기? 마지막에 남은 데 들어가는 거죠.
남은 제가 어딘가에 들어가는 게 어려운 건 아니었어요. 다만 친구들끼리 짝을 찾으려고 돌아다니는데 저는 혼자 있어야 하는 그 순간이 제일 힘들었죠.
또 '나는 여기서 무슨 행동을 해야 하지?' 하다가 누구랑 눈이라도 마주치면 그게 너무 힘들었어요. 상황이나 순간을 따진다면 그게 제일 힘들었던 기억이네요.

요셉   공감.

재경   일단 저는 제일 기억에 남는 게 수학여행 때 버스를 타고 짝 짓는 거. 그게 제일 힘들었어요. 그냥 1년에 몇 번인데 체육시간에 짝 짓는 것보다 그게 조금 더 겁나고 그 버스에 타고 싶지가 않았어요.

그래서 항상 수학여행을 가기 전에는 많이 우울했어요. 그런 기억이 제일 많이 남아 있어요.

피디 저도 그랬어요. 45인승 버스 앞에는 둘씩 앉고, 뒤에는 힘센 애들이 나란히 앉잖아요. '나는 누구랑 앉아야 할까?' '누구랑 앉게 될까?' 지금도 버스를 타면 이런 생각들이 좀 들어요.

의현 수학여행 버스. 혼자 앉을 때 일부러 옆자리에 가방을 놓게 되더라고요. 선생님이 들어와서 앉으면 좀 그러니까 가방을 알아서 놓게 됐어요. 또 문자 있잖아요, 익명 문자. 수학여행 가는데 그걸로 저한테 계속 문자를 보내는 경우도 있었어요. 그게 스트레스가 돼서 익명 문자는 지금도 잠금으로 해 놔요.

또 수학여행 가서 잘 때 애들이 다 편안한 잠자리를 달라고 하잖아요. 그러다 보니까 어느 순간 저는 마룻바닥에서 자고 있는 거예요. 마룻바닥에서도 거의 문 쪽에 가까운 끄트머리.

봄이나 가을에는 밤바람이 되게 차잖아요. 진짜 소외당하는 애들은 제일 찬 데로 밀려나요. 전 한번은 신발 놓는 데에 발 걸치고 잔 적도 있어요.

그런데 고등학교 와서 제주도에 가게 됐는데 어색했던 게 애들이 버스에서 갑자기 "야, 의현아. 같이 앉자" 하고 제 옆에 앉는 거예요. 저는 혼자 앉는 게 하도 익숙하다 보니까 오히려 친구들 사이에 끼어서 앉으니 그게 어색하더라고요.

제주도 숙소에 도착해서도 "나 마루에서 잘게" 그러니까 "뭐 마루에서 자. 방에서 자" 이러고. "그냥 마루에서 잘게" 하고 결국 저는 또 마루에서 자게 됐어요. 이게 참 무섭더라고요, 습관이.

요셉 저는 수학여행 가면 좀 그럴 것 같아서 아예 안 갔어요. 그래서 거기에 대해서는 할 말이 없네요.

저는 학교 안에서가 아니라 밖에서 그런 게 있었어요. 저를 괴롭히는 애들이 만만한 애들이랑 저를 싸움 붙이거나 나가서 뭘 해 보라고 시키곤 했어요.

혹시 지금 이런 일을 겪는 친구들이 있다면 절대 거기에 안 휘말렸으면 좋겠어요. 제가 지금까지 겪고 느낀 바로,

남자 반

피해자들은 전부 다 마음이 여리고 착해요. 절대 사람 못
때려요, 대부분. 그렇기 때문에 거기 휘말려서 나쁜 사람
되지 않았으면 좋겠어요.

5교시／어른이 된 왕따

피디 　이제 어른이 됐습니다. 설문조사에서는 아마 세 번째 질문
　　　이었을 거예요. 트라우마라든지 그동안 어떤 일들이 있었
　　　는지 이야기해 주시면 좋겠습니다.

의현 　제가 할까요?

의현 　아까 화장실 사건 얘기했잖아요. 그 이후로 화장실을 잘 못
　　　가게 됐어요. 치명적이죠. 오죽하면 대학교 가서도 화장실
　　　에 못 들어가겠더라고요. 고등학교 때, 대학교 때도 그랬고
　　　커서도 출장을 가거나 외국에 가도 화장실을 잘 못 가겠는
　　　거예요. 국내 출장이면 큰 빌딩이나 호텔 화장실은 들어갈

때가 있어요. 그런 데는 그래도 많이 밀폐되어 있으니까요. 비교적 밀폐된 곳이 아니면 지하철 화장실 같은 데는 못 가겠더라고요.

그리고 제일 큰 문제는 사람을 못 믿게 됐다는 거예요. 업무적으로만 관계를 맺지 사적으로는 관계를 못 맺고 너무 쉽게 포기하게 되더라고요. 군대에서도 느꼈어요. 선임들도 잘 못 대하고 동료들과도 안 친했어요. 새로 만나는 사람은 더 어렵다 보니까 연애를 해도 짝사랑으로 끝난 적이 많아요. 그 사람에게 다가가지 못해서 그러기도 하고 다가오는 사람이 있어도 밀어내기도 하고. 대학교에서 좀 친해진 친구들도 그나마 조금 더 나아졌을 뿐이지, 같이 술 먹고 밤새우고 여행 가고 이런 사이는 아니에요. 그런 게 제일 큰 트라우마인 거 같네요.

피디 성호 님은 어때요?

성호 저는 성격이 바뀌었어요. 저는 대학교에 들어가고 나서 저를 빨리 뽐내고 싶었어요. 혼자 있던 적이 많으니까 소속감이라는 감정이 저한테는 늘 상위에 있는 감정이었어요. 얘네가 나를 버리고 떠나는 게 너무 두려워서 어떻게든 빨리

　　　　　　　　　　　　　　　　　　　남자 반

친구들을 사로잡아야 했어요. 돈을 쓰든 어떤 편한 면을 보여 주든.

약간 매달리는 걸로 보일 수도 있는데, 저는 어떤 수단을 써서라도 소속되고 싶었어요. 무리에 끼고 싶었고 과에서 가장 중심이 되고 싶었고 동아리에 들어가고 싶었어요. 20살 때는 병적으로 그랬던 것 같아요. 애네가 나를 버리면 안 되니까. 나는 이미 그 고통을 아니까. 그 고통으로 인한 결과까지 아니까. 지금은 많이 조절하는데 그때는 도망치듯이 집단 속으로 들어갔어요.

또 다른 문제는 타인이 절 방어적으로 대해도, 저는 제 모든 걸 다 보여 주고 싶어 한다는 거예요. 그래야 그 사람 마음이 먼저 풀릴까 싶어서요. 그래서 저는 제 약점을 많이 알고 있어요. 애들이 그 약점을 알아야만 저를 편하게 대할 것 같아서.

결과적으로 그런 이미지가 돼서 좋다고 말할 수 있는데요. 사실 이것도 문제라면 문제죠. 남의 의견 상관없이 저를 다 보여 주니까요. 그래야 마음이 편해요. 그런 삶을 살고 있습니다.

재경 저는 지금은 옷 가게에서 일하고 있는데요. 저에 대한 콤플

렉스가 있어서 이것저것 일해 봤는데도 다 실패하다 보니까 조금 발전해야겠구나 생각을 했어요.

군대를 갔다 오고 제 자존감을 높이는 게 어떤 걸까 생각을 많이 했어요. 일단 첫 번째는 옷이고 두 번째는 저 혼자서 어디를 많이 다니는 것이더라고요. 저 혼자서라도 그런 걸 좀 찾고 싶었어요.

그래서 일단은 저도⋯ (한참 생각하다가) 잠시만요. 이게 생각이 안 나네요.

피디   옷에 대한 관심은 언제 생기셨어요?

재경   20살 때요. 처음으로 서울에 저 혼자 지하철을 타고 갔어요. 그런데 지하철에서 되게 성숙하시고 옷을 잘 입는 사람을 봤어요. 그걸 보고 나도 저렇게 하면 조금 더 당당할 수 있고 자신감을 올릴 수 있겠다고 생각해서, 그때부터 옷에 관심을 갖게 됐습니다.

성호   (재경 쪽을 손으로 가리키며) 저도 공감.

재경이 멋쩍게 웃는다.

요셉   저는 예전과 비슷한 상황이 될 조짐이 보이면 쉽게 포기하는 트라우마가 생겼어요. 조금씩 조금씩 밀린다는 게 어떻게 보면 별거 아닌 것 같지만, 나중에 시간이 많이 흐른 뒤에는 한참 뒤처져 있더라고요.

권배   (1명 1명 손가락으로 가리키며) 말했던 트라우마들 다 겪어봤던 것 같아요. 과장해서 상대방보다 내가 세다는 걸 보여주려고 했던 적도 있고, 세상에서 내가 가장 불행한 사람이라며 상대방에게 동정을 얻으려고 했던 적도 있었어요. 그 모든 것들을 다 거쳐 오긴 했는데, 지금까지도 내 삶 전체를 지배하는 하나의 것이 있다면 어디 뿌리 내리고 살 수 없다는 거예요.

믿지를 못하겠거든요. 이곳에 소속되어 있다? 여기 소속된 사람들을 어떻게 믿을 수 있겠어요. 저쪽에 소속될 거다? 역시 마찬가지거든요. 무언가 세상에 좋은 일을 하고 싶긴 한데 어딘가에 뿌리 내리는 것에 대한 두려움이 아직도 있어요.

그래서 결혼하겠다는 생각도 없고요, 당연히. 누군가를 좋아하고 사랑하고 아끼는 건 하지만 일정한 선을 정해서 그 이상 넘어갈 수 없게 되는 것. 그게 어쩌면 트라우마인 것 같아요.

이렇게 되지 않았으면 좋겠어요, 여러분은. 이겨 냈으면 좋
겠어요.

쉬는 시간 : 어른이 된 지금, 왕따였던 기억이
나에게 영향을 미치고 있나요?

/ 17번째 사연, 25살 남자

중학교 2, 3학년 때 같은 반 애들로부터 여러 차례 놀림을 당했습니다. 이름을 가지고 놀리는 것은 기본이고, 싫어하는 노래를 부르면서 놀리곤 했어요. 그들이 나를 놀리면서 불렀던 노래가 TV나 라디오에서 흘러 나오면 채널을 돌리거나 끄곤 합니다.

/ 65번째 사연, 27살 남자

저는 중학교 졸업하고 지금까지 사람을 1명도 한 순간도 못 믿어요. 여러 친구와 좋은 사람들을 만났지만, 무의식적으로 거짓말로 좋은 말만 하고 좋은 척 연기하는 거죠. 내가 어떤 행동이나 말실수를 해서 욕 듣는 게 무서우니까요. 웃기겠지만, 그 당시 괴롭힘을 당했던 것보다 이게 더 힘들어요. 평생 이럴 걸 저도 아니까. 제가 저의 속마음조차 모를 정도로 살아왔고 앞으로도 그럴 테니까. 앞으로도 그냥 쭉 사람들에게 맞춰서 연기하며 살아갈 테니까요.

6교시 / 우리에게 필요한 것

피디   만약 그 당시로 돌아간다면 자신에게 어떤 말을 해 주고
       싶은지 혹은 어떤 행동을 하고 싶은지.

권배   제일 센 질문 같은데?

요셉   (고개를 저으며) 안 돌아가고 싶어요.

성호   (귓속말 하듯이) 도망쳐.

의현   도망쳐!

권배 그때로 돌아간다면 내가 나를 죽였거나, 내가 누군가를 죽였거나. 둘 중 하나일 것 같아요. 다시 돌아가고 싶지 않아요. 지금도 그런 생각을 해요. 용기가 있었다면 분명히 사고를 쳤을 텐데. 당시에는 뭘 몰랐던 거예요. 그냥 어떻게 지나 온 거죠. 지금 다시 돌아간다면 분명히 둘 중 하나였을 거예요.

피디 다른 생각 있으신 분?

재경 (손들고) 저 있습니다. 만약에 제가 그때로 돌아간다면 사회생활할 때 저한테 도움이 되는 일들을 더 많이 할 것 같아요. 사소한 거라도요. 옷을 좋아한다거나 아니면…. 이것저것 저에 대해 투자를 많이 했었어야 하는데 그때는 못 해서. 돌아간다면 그런 점을 더 많이 채우고 싶습니다.

피디 성호 님은?

성호 저도 같은 생각인데요. 자기 자신을 좀 더… "나는 이거다!" 할 만한 것을 만들었으면 좋았을 것 같아요.

피디 여기서 좀 더 나아가 지금 상처받고 있는 분들에게 하고 싶은 말씀을 해 주세요. 조언이 될 수도 있고 공감의 말이 될 수도 있고요.

의현 저는 많이 감사한 케이스예요. 고등학교에 가게 된 것도, 성적은 부족했는데 실기를 보면 된다면서 선생님들이 도움을 주셨기 때문이었거든요. 쉽지는 않았어요. 만약 저와 같은 입장에 놓인 친구들이 고등학교를 걱정한다면, 저는 과감하게 다른 지역 고입을 보거나 검정고시를 보라고 말하고 싶어요. 인간관계의 어려움이 반복될 가능성이 크거든요. 실제로 그것 때문에 힘들어했던 친구도 봤고요.
악연을 이어 가고 싶지 않다면 고입 시험이라도 봐라. 특성화든 다른 동네 학교든 검정고시든. 독하지만 이게 제일 실용적인 조언이라고 봐요.

피디 한 분씩 다 말씀해 주세요.

성호 사실 현실적인 조언이나 해결책은 줄 수 없다고 생각해요. 개인마다 상황이 다 다르고 저희 5명도 어떻게 보면 다 다르잖아요. 멀리서 보면 하나의 카테고리일 뿐이지만. 제가 갑자기 조언하면서 "이렇게 하면 해결이 돼"라는 건 오히려 그분들의 마음을 무시하는 거라고 생각해요.

이런 상황을 내가 당하고 있다는 것에 대한 부끄러움을 최대한 가지지 말고요. 오히려 당당하게, 가해자도 수긍이 갈 만큼, 더 자신에 대해 생각해 보고 더 많이 아픔을 나누려고 노력할 것 같아요. 만약에 저라면… 지금 왕따당하고 있는 친구를 만난다면, 정답은 못 주지만 공감은 해 줄 수 있어요.

의현 　맞아요. 저도 교회에서 저를 괴롭혔던 사람을 만났다고 했잖아요. 그때 교회 선생님이 해 준 말이 있어요. 널 괴롭힌 애한테 이렇게 말해 줘라. "네가 바퀴벌레 같다고 맨날 그랬지만, 난 바퀴벌레처럼 잘 살아 있다"라고. 그러면 언젠가 고쳐먹을 마음이 있으면 너와 같이할 거고, 그렇지 않으면 알아서 떨어져 나갈 거라고 이야기하시더라고요. 그 말이 맞았어요. 25살 지나고 느꼈던 게, 힘든 와중에 같이 있어 줄 사람은 계속 있고 없는 사람들은 알아서 떠나더라고요. 그래서 인연이 소중해지는 것 같아요.

재경 　(손들면서) 저, 할 말 있습니다. 일단은 제가 정말 잘할 수

　　　　　　　　　　　　　　　　　　　　남자 반

있고 좋아하는 걸 좀 일찍 찾는다면, 옛날의 그런 기억들이 많이 없어질 거라고 생각해요. 제가 그랬으니까. 그 방법이 제일 좋은 것 같습니다.

요셉　저는 할 말이 되게 많은데 좀 줄여야 할 것 같네요.

피디　아니에요. 길게 하셔도 돼요.

요셉　그래요? 솔직히 지금 아픔을 겪고 있는 친구들 스스로가 정답은 알 것 같아요. 단지 환경과 상황과 남들의 시선이 문제여서 그렇지, 분명 여기서 벗어나고 싶다거나 뭘 하고 싶다고 하는, 본인 스스로 정한 답들이 있을 거예요.
그러면 머뭇거리지 않았으면 좋겠어요. 상처는 일단 생기면 오래가니까 본인을 먼저 생각했으면 좋겠고요. 그리고 꿈을 가졌으면 좋겠어요. 꿈이 아니면 복수하고 싶은 마음이라도 괜찮으니까 둘 중 하나는 꼭 가졌으면 좋겠어요. 그게 삶을 살아가는 원동력이 될 수 있기 때문에 꼭 그랬으면 좋겠어요.

성호와 재경이 동시에 손을 든다.

재경   (손 들면서) 저…

성호와 재경이 서로 눈치를 보고 양보한다.

권배   (요셉을 보면서) 영감을 주는 사람이네.

성호   갑자기 빡 꽂혀서요. 하고 싶은 말이 생각났는데, 조언이라
      고 하셨잖아요. 제가 당하면서 가장 후회되는 게 자꾸 문제
      는 바깥에서 들어오는데 저 자신을 깎았어요. 문제는 내게
      서 오는 게 아닌데, 근본적으로 내 잘못이 아닌데 자꾸 제
      가 저를 욕했어요. 이런 생각을 끝까지 안 가져야 하는 것
      같아요. 나는 잘못이 없어요, 솔직히 말하면.

권배   본인을 가해했던 친구는 사실상 '가스라이팅gaslighting(상
      대의 마음이나 상황을 교묘히 왜곡해 상대의 심신을 무너뜨리고
      상대에 대한 지배력을 강화하는 것)'을 한 거잖아요. 자신을 계
      속 깎아 내게끔 공격한 거죠.

성호   그래서 저는 저한테 좀 심했던 것 같아요.

재경 지금 10대들이 왕따당하는 상황이 많을 거라고 생각해요. 그런데 저는 나중에 커서 그 가해자한테 복수해 줄 게 필요하다고 생각합니다. 그래서 저도 이렇게 나왔고요. 저도 좋아하는 게 생겼고 이렇게 이야기도 하고 싶었어요.

권배 학생들하고 컨설팅할 때, 저는 좀 다르게 해요. 저는 부모님하고 같이 해요. 학생하고만 해 봐야 소용없거든요. 그러면 부모님들이 이야기를 막 많이 하는데 제가 말을 끊고 부모님한테 말해요. 어머님은 17살인 적이 있고 16살인 적이 있지만, 따님은 나이 50살인 적이 없지 않느냐고. 어떤 좋은 말을 해 줘도 이해할 수 없고 알 수 없다고.

그 당시에 누군가가 제게 어떤 좋은 말을 해 줬다면 이해하고 알 수 있었을까요? 없을 것 같아요, 솔직히 말해서.

그리고 아까도 말했지만, 누군가가 해결해 주길 바라지 않았어요. 내 문제는 내가 알아서 해야 한다고 생각했고, 누군가의 도움은 바라지도 않았어요. 다만 외면하지 않았으면, 무시하지 않았으면, 공감하는 척하면서 자기 자신만 챙기지 않았으면 했어요.

아까 요셉 씨가 이야기할 때 굉장히 공감했어요. 맞서 싸워서 이길 수 있으면 좋겠지만, 나는 그러지 못했거든요. 지금 그런 고통을 당하는 친구들한테 "너는 이렇게 해라"라고 말할 수가 없어요. 요셉 씨가 했던 말이 맞는 것 같아요. 뭔가 생각을 하나 가졌으면 좋겠어요. 복수든 자기 자신을 갖다가 막 펼치든.

도망가고 싶으면 도망가도 돼요. 학교 안 다닌다고 안 죽어요. 이 친구들이 세상의 전부는 아니거든요. 도망간다고 해서 도망가는 게 아니거든요. 내가 나를 제일 먼저 생각하면 돼요. 나만 살면 돼요. 다른 사람이 그런 일을 당하고 있을 때 나 또한 외면하지 않으면 좋겠지만, 지금 당장 내 코가 석 자인데 누구를 돕겠어요. 도망치는 게 아니에요. 피할 수 있으면 피했으면 좋겠어요. 꼭 맞서 싸워서 이기지 못한다고 문제 있는 사람이거나 약한 사람은 아니니까요. 그냥 현재 상황에서 어떻게 할 수 없는 것일 뿐이죠.

피디 어떻게 하면 방관자들이 손 내밀 수 있을까요? 이에 대한 생각을 내거나 토론하고 싶은 분?

의현 방관자라고 하는 사람들이 참 얄밉기도 하지만 한편으로는 공감도 가요. '나도 그렇게 될까 봐'라는 심리일 테니까요. 학교 안에서 해결하기 어려운 거거든요. 저는 그래도

남자 반

학교 밖에서는 교회 친구들하고 얘기를 많이 했는데 이게 도움이 됐어요. 방관자가 되지 않으려면, 괴롭힘당하는 친구를 학교 안에서 친하게 지내려고 하는 것보다 학교 밖에서 만나 줘야 해요.

이건 지역 사회나 외부에서 도움을 많이 주셔야 할 부분 같아요. 학교가 아니어도 상관없어요. 교회가 됐든, 성당이 됐든, 절이 됐든, 복지관이 됐든 상관없어요. 이 친구들이 학교 안에서는 소외당하는 애한테 말을 못 걸어도 적어도 밖에서는 그게 아니었다는, 최소한의 변명이라도 할 기회가 주어져야 해요. 어떤 공간이든 도피처든 그 환경을 만들어 줘야 한다고 생각해요.

그게 안 되니까 계속 앙금이 남는 거거든요. 학교 안에서만 해결하려고 하면 앙금이 남아요. 그러면 정말 해결할 기회도 아예 사라지는 것 같아요. 저는 그렇게 생각해요.

권배 방관자에 관해서 이야기를 나눴는데… 구조적인 문제인 건 분명해요. (의현을 보며) 아까 말했잖아요. 중학교에서 고등학교 갈 때 유명한 특성화 고등학교 붙으니까, 어제까지 나를 힘들게 했던 애들 얼굴이 싹 바뀌었다고요. 만약 학교에서 내가 계속 전교 1등을 해요. 나 왕따시킬 수 있을까요? 못 하거든요. 선생님도 만약에 그런 아이가 왕따당하면 절대 가만두지 않아요. 100퍼센트 관심 가져요. 서열주의거든요.

왕따가 왜 생기냐고 물어보면 그게 제일 크다고 생각해요. 공부 잘하는 애가 제일 중요하니까, 서열이 제일 중요하니까. 그걸 바꾸지 않으면 왕따 문제가 사라질까요? 안 사라져요. 절대 안 사라질 거예요. 방관자들은 여전히 방관할 수밖에 없을 거예요.

반에서 1등을 한다, 잘나간다, 그러면 그 친구는 개입할 수 있어요. 그런데 반이 40명인데 40등, 39등인 애가 가서 "너희들 이러지 마" 그러면 등신 소리 들을 거예요. 반에서 1등 하는 애가 괴롭히지 말라고 하면 다른 애들은 괴롭힌다고 하더라도 눈앞에서는 대놓고 못 해요. 그게 학교거든요. 학교에서 그걸 가르치는 거거든요.

세상에는 서열이 있고 그 룰을 못 따라가면 "네가 등신"이고, "네가 왕따"고, "그럼 당해도 싸." 그걸 무의식적으로 가르쳐요. 선생님도 그건 놔두잖아요. 반에서 꼴등인 애가 당하면 신경 쓰지 않아요, 솔직히 말해서. 걔는 당해도 싼 애일 뿐이에요. 얼른 학교에서 나갔으면 좋겠다고 생각할걸요. 방관자한테 문제를 묻거나 그 사람들이 어떻게 행동하라기보다는 그냥 교육 자체가 바뀌어야 한다고 생각해요. 서열. 그게 이 모든 문제를 만드는 게 아닐까 하는 생각을 진짜 오랫동안 했고, 그게 제가 내린 결론이었어요. 다른 결론을 내릴 수도 있겠지만요. 방관자한테 뭘 해 달라고 할 수 없어요. 그들도 똑같은 피해자예요. 우리하고 똑같은 피해자예요.

요셉 저도 100퍼센트 공감하고요. 덧붙이면 방관자는 방관자일 뿐이잖아요. 방관자한테 뭘 바라는 것 자체가 잘못된 것 같고요. 말했다시피 피할 수 있으면 피하고 이겨 낼 수 있으면 이겨 내면 좋겠고요. 지금 그 가해자가 없어진다고 해서 없어지는 문제가 아니거든요. 또 다른 가해자가 생길 거예요. 가해하는 학생은 분명 생겨요.

성호 제 생각엔 물론 이게 불가능하겠지만, 좀 편견이 없었으면 좋겠어요. 아직도 가끔 그런 생각을 하는데요. 편견이 없으면 아무 일 없지 않았을까. 왕따라는 편견이 방관자를 낳은 것 같다는 생각이 들더라고요.
솔직히 "너 왕따랑 지금 당장 친해져 봐" 하면 친해질 수 있는 사람이 없잖아요. 물론 친해지기 싫은 이유엔 같이 왕따가 되기 싫어서도 있겠지만, 왕따가 가진 이미지 때문도 있잖아요. 제가 생각했던 당시 왕따의 이미지는 뭔가 모자라다는 거였어요. 생김새가 우스꽝스러운 애들. 성장하는 과정이라 그런 편견을 없애는 게 어렵겠지만, 순수하게 사람 대 사람으로 봤으면 조금 나아지지 않을까 해요.

재경 저는 방관자가 나서서 피해자를 도와준다면 피해를 많이 볼 거라고 생각해요. 그런데 만약 피해자 편에 서는 사람이 있으면 저는 그 사람을 더 좋아할 것 같습니다. 그런 사람이 좀 특별하다고 생각합니다. 이게 한순간에 바뀌지는 않겠지만, 만약 피해자를 도와준다면 그 사람은 예전과 이미 다른 사람일 거예요.

남자 반

쉬는 시간 : 그때 진짜로 우리에게 필요했던 건
무엇이었을까요?

/ 64번째 사연, 31살 남자

폭행을 당할 때 뭐든 해 냈어야 했습니다. 공부를 잘하든, 잡기에
능하든, 게임을 잘하든, 덩치가 커서 싸움을 잘하든. 하나라도
확실하게 쓸모 있는 능력자가 되는 거요. 그들은 쓸모 때문에
존중받았습니다.
저도 나중에 게임으로 탈출했죠. 반 1등 게이머. 스스로 노력해서
남에게 인정받을 능력. 그리고 소신과 용기입니다.

/ 155번째 사연, 30살 남자

학교 선생님들 대부분이 귀찮아했지만 그중 한 분이 제게 관심을
가져 주셨어요. 그때 진심으로 감사하다는 생각이 들었어요.

7교시 / 내가 꿈꾸는 나의 미래

피디 그러면 이제 내가 꿈꾸는 나의 미래, 내가 꿈꾸는 세상에 대해 얘기해 볼게요.

권배 저부터 얘기할게요. 2014년에 처음으로 아이들을 만났는데 먼저 기숙 학원부터 시작했어요. 재수하러 온 학생들이죠. 대학 가는 데 실패해서 온 친구들이 1,000명이었어요. 대한민국에서 가장 큰 데였으니까요.

그 친구들한테 뭘 해 줄까 하다가 노트를 하나 만들었어요. 좋은 말을 많이 해 주려고요. 제가 적은 것도 많고 여기저기서 찾은 자료도 많고, 그렇게 1권 정도를 만들었어요. 학생들이 처음에 오면 생활을 책임지는 담임 선생님들과 이야기를 하게 되는데요. 다른 선생님들은 학생 40명을 이틀 만에 후다닥 해치우더라고요. 거의 1명당 5~10분씩? 저는 그렇게 못 하겠더라고요.

무언가 많은 도움을 주어야겠다고 마음먹고 학생이랑 마주 앉았어요. 많은 말을 해 주고 싶었거든요. 그런데 그냥 학생 이야기를 듣게 됐어요. 그러면서 학생들은 누군가에게 좋은 말을 듣는 게 아니라, 자기 말을 들어 줄 사람이 필요하다는 걸 처음 알게 됐어요.

저는 1달 걸렸거든요. 어떤 친구랑은 거의 이야기 나누는 시간 절반 이상 동안을 울면서 이야기했어요. 저도 울었고 그 친구도 울면서 이야기했어요.

(재경을 보며) 아까 본인이 말하는 게 힘들다고 했잖아요. 어떤 친구하고는 2시간 동안 앉아 있었는데 그 친구가 딱 5마디를 했어요. 그런데 그 5마디를 하는 동안 거의 30분씩 저는 그냥 조용히 앉아서 그 친구가 말할 때까지 기다렸어요. 그동안에도 그 친구는 저한테 계속 말을 하고 있는 거예요, 사실. 입으로 말이 나가진 않지만, 표정을 계속 바꾸고 내 눈치를 보고 다리를 놨다가 고개를 들었다가 이렇게 하면서요. 그 친구는 분명히 저한테 어떤 말들을 하는 거였어요. 그게 무슨 말인지는 몰라요.

많이 느낀 건 그거예요. 들어 줘야 한다는 거. 아까 공감이라고 했는데 들어 주면서 '네 말이 맞아' '그 친구가 문제 있네' '그건 잘못됐어' '네가 잘못한 거 없네' 하며 맞장구 쳐 주는 게 필요하거든요. 그런데 진심이 없으면 다 알아요. 금방 알아요. 그냥 이 고비를 넘기기 위해서 아니면 뭔가를 빨리 해결하기 위해서 대화를 하게 되면 그 친구는 다 알거든요.

결국은 시간을 줘야 하는 것 같아요. 내가 상대방한테 관심을 가진다는 것은 좋은 말을 많이 해 주는 게 아니라, 그 친구한테 충분한 시간을 주는 거라는 사실을 깨닫게 됐어요.

잠시 침묵한다.

그래서 제가 하고 싶은 건 사실 그거예요. 일단 저는 지금 컨설팅해 주는 친구들까지 하고 나면 같은 일을 더 할 생각은 없어요.

처음 제가 사회에 나왔을 때 막막했던 기억이 있어요. 세상에 날 도와주는 사람은 아무도 없고 그렇다고 집이 부자도 아니고 특별히 어떤 인맥도 없고. 그러니까 아무것도 없는 상태에서 나 혼자서 뭔가 해야 할 때 너무 막막했어요. 당시에 나한테 따뜻한 말 한마디 해 주는 사람이나 아니면 내가 무언가를 토로할 때 들어 줄 사람이 단 1명이라도 있었다면. 최소한 지금보다 10년 정도는 더 빨리 여러 가지를 깨달았을 테고 좀 더 세상에 보탬이 되는 좋은 사람이 될 수 있었을 거라 생각해요.

그래서 저는 제가 만났던 학생들이 처음 사회에 나왔을 때 어떤 기반을 마련해 주고 싶어요. 그러려면 좋은 말을 해 주는 그런 선생으로만 남아서는 안 되죠.

그래서 뭔가 해 보려고요. 직접 돈을 벌든 어떤 인맥을 만들든 해서 뭔가를 해 보려고 해요. 그 친구들한테 실질적인 도움을 주고 싶어요. 몇 명이 될지는 모르겠지만 단 1명이라도 도울 수 있다면 그걸로 충분하다고 생각하고요.

아까도 말했지만, 피해자도 피해자고 방관자도 피해자고 어찌 보면 가해자도 피해자거든요. 세상이 이렇게 흘러가는데 거기에 잘 적응하며 사는 사람이 잘못은 아니잖아요. 어찌 보면 얘는 이 시스템에서 제일 잘나가는 포지션을 잡은 것뿐이에요. 다른 누군가는 적응을 못 해서 제일 밑에 있는 거고요.

이 구조 자체가 바뀌지 않으면 사람만 바뀌지 똑같은 일이 계속 벌어질 거예요. 20년 후에도, 30년 후에도. 이런 구조

남자 반

를 통째로 뜯어고치고 싶어요. 이걸 고치는 데 도움이 되고 싶어요. 그게 제가 하고 싶은 일이에요.

요셉   스무 살 중반에 필리핀에 있으면서 아이들을 돌본 적이 있어요. 한국에서 사고 친 애들이 갈 데가 없으니까 부모님들이 외국에 보내는 경우가 있는데 바로 그런 아이들이었죠. 거기엔 피해자도 있고 일진 애들도 있었어요. 저는 피해자였기 때문에 솔직히 피해자한테 마음이 더 갔어요. 일진 애들에게 소홀하게 되더라고요.

그런데 어느 순간에 걔네랑 친해져서 이런저런 얘기를 나누다 보니까, 사랑을 많이 못 받고 자랐더라고요, 부모님한테조차. 그래서 마음이, 한쪽으로는 되게 미운데 한쪽으로는 뭔가 도움을 주고 싶더라고요.

매일 잠자리에 들기 전에 그 애들을 안아 주면서 "사랑한다"고 말해 줬어요. 그렇게 몇 개월 안 했는데 애들이 바뀌는 거예요. 공부해야겠다는 목표도 세우고, 피해자 애들한테 진짜 "미안하다"고 하면서 눈물로 고백을 하더라고요. 지금 이 이야기를 듣고 있을 가해자 아이들이, 진짜 사과하고 싶은 상대가 있다면 진심으로 사과했음 좋겠어요. 처음에는 피해자 애들이 안 받아 줄 거예요. 안 받아 줄 건데,

사과가 안 되면 어떤 행동이라도 보여 줬으면 좋겠어요. 그렇게 하지 않으면 평생 짐이 되거든요. 상처도 되고.

그렇습니다. (웃으며) 아, 그리고 제 꿈은요. 단기적인 목표는 1년 뒤에 산티아고 순례 길을 걷는 겁니다. 꿈은 없습니다. 아직.

피디 성호 님은 어때요?

성호 저 조금만 생각해도 될까요?

피디 네.

재경 그러면 제가 하겠습니다. 일단 제가 하고 싶은 것은…. 일단은, 일단은 옷도 되게 잘 입고 싶고 말도 잘 하고 싶어요. 그래서 저는 그냥 제가 시간 날 때, 그냥 제가 가고 싶은 곳에 가서 사람들을 많이 만나 보고 그러면서 옷 좋아하는 사람들하고 많이 이야기하고, 많이 소통하고 싶고 그리고…… 네, 끝났습니다. 할 이야기가 생각이 안 나네요.

피디 생각나면 말씀해 주세요.

남자 반

재경 네.

피디 가고 싶은 곳은 어디예요?

재경 가고 싶은 곳은 일본이에요. 제일 가고 싶습니다. 아무래도 옷 좋아하는 사람들도 많고요. 일본어 배워서 가 보고 싶습니다.

성호 저는 원래 초등학교 6학년 때부터 꿈이 카피라이터였어요. 그런데 군 복무 중에 하필 그런 생각을 했어요. 카피라이터의 매력이 풍자나 돌려 까는 거라고 생각해서 좋아했는데, 제가 살아온 걸 생각해 보니까 저는 되게 솔직하지 못한 사람인 거예요.
저 자신에게 당당하지 못했고, 고등학교 때 무언가가 싫다고 발악해 봤던 적도 없고, 그냥 묻어가는 걸 좋아하고. 솔직한 사람이 아니었는데 갑자기 카피라이터라는 직업도 솔직한 직업은 아닐 것 같다는 생각이 드는 거예요. 내 의견을 상대방에게 이해시키는 거지만 돌려 말해야 한다는 느낌이 들었어요. 물론 아직 꿈은 카피라이터지만, 일단은 솔직한 사람이고 싶어요.

누군가에게 나에 대해 말해 줄 때 솔직하게 얘기할 수 있어서 그 사람이 나를 제대로 이해할 수 있고…… 말이 꼬이네요. 아무튼 저는 당당하고 솔직한 사람이 되고 싶습니다. 목표는 여전히 카피라이터이고요. 롤 모델이 한 분 계시는데요. 그분이 세상을 떠나시기 전에 한번 같이 일해 보는 게 꿈입니다.

의현 원래는 만화가 같은 걸 하고 싶었어요. 어릴 때는 경찰이되고 싶었다가, 만화가가 되고 싶었다가, 게임 디자인을 해야겠다고 했다가, 고등학교 때 또 바뀌더라고요. 학교에서공부를 영상, 사진 쪽으로 하고 음악도 하다 보니까 그쪽이더 재밌더라고요.

지금 저는 프리랜서로 영상 만들고 사진 찍고 하거든요. 공부를 더 많이 해 보고 싶어요. 물론 지금도 만들고 있지만더 배우고 싶어요.

같이 일했던 분 중에 장애 학생들에게 영상 교육하는 분이있었거든요. 그분 일을 도와드린 적이 있는데 마음의 울림이 좀 있더라고요. 그래서 장애 학생이든 소외당하는 학생이든 기회가 있으면 같이 뭔가를 만들거나 가르쳐 주고 싶다는 생각이 들었어요. 그게 하고 싶은 일 중 하나입니다.

남자 반

재경   저, 할 이야기 있습니다.

피디   네.

재경   할 이야기가 조금 생각났는데요. 일단은 제가 이렇게 꿈이
      생겼던 이유가 가해자 덕분인 것 같아요.

      권배, 놀랍다는 표정을 짓는다.

재경   가해자 덕분에 옷도 확실히 좋아하게 됐고, 말도 이렇게 늘
      수 있었고 뭔가 더 잘할 수 있게 돼서요. 그 친구들 덕분에
      저는 더 열심히 산다고 생각해요. 그리고 더 잘나가서, 더
      그런 부분으로, 더 복수해 주고 싶어요. 저는 그게 저의 꿈
      이라고 생각합니다.

      모두가 재경을 보며 미소 짓는다. 재경은 쑥스러운 표정이다.

      슬레이트 치는 소리와 함께 끝.

쉬는 시간 : 그때 진짜로 우리에게 필요했던 건 무엇이었을까요?

/ 389번째 사연, 15살 남자

혹시 주변 사람들에게 말하면 내가 저 애들한테 더 다칠까 봐, 일이 커질까 봐 두려워서 도움도 못 청했어요. 불안한 마음에 자해도 하고, 많이 당하고 온 날에는 유서를 썼다가 펑펑 울면서 다 찢어 버리고. 그러다 어느 날, 엄마가 등에 멍이 들었다고 무슨 일 있냐고 하길래 첨엔 그냥 합기도장에서 부딪혔다는 식으로 둘러대다가 자해한 흔적까지 들켜 버려서 다 털어놨습니다. 그러니까 바로 다음 날에 부모님이 교장실이랑 교무실에 찾아 갔어요. 징계위원회랑 학교폭력위원회가 바로 열리고 선생님이 찾아왔어요. 진술서 작성하고 괴롭힌 아이들을 전부 말하라고 하더군요. 그 이후로는 그애들이 안 보였어요. 들은 말로는 강제 전학 갔다고 하더라고요. 그 이후로 저는 병원 가서 심리 테스트 같은 거 받고 상담도 받고 하면서 조금씩 나아져서 지금은 몇 가지만 빼면 정상적인 생활을 하는 중입니다:)

남자 반

남이 하자는 대로 편하게 "오케이"하며 살지 않고, 스스로 노력하는 분야(건축)에서 전문가로서 정직하게 일하며 노력하고 있습니다. 그때는 포기하고 혼자 울어도 아무도 날 돌봐주지 않았지만, 지금은 스스로 노력해 영향력을 가지려고 열심히 삽니다.

방과 후

가연

영상 출연 이후, 주변 친구들한테 연락이 막 온다거나 모르는 사람이 절 알아본다거나 그런 건 사실 거의 못 느꼈어요. 영상 올라오고 시간이 좀 지나니까 몇 명이 "너 맞냐" "유튜브에서 봤다"고 연락이 오긴 했는데, "나 맞다"고 아무렇지 않게 얘기하니까 그냥 그걸로 끝나더라고요. 그냥 영상 촬영 전과 다름없는 생활을 보냈어요, 저는.

그때 그 시절 제가 받았던 상처는 아문 지 꽤 된 것 같아요. 제가 이 영상을 촬영하겠다고 한 것도 그 상처 자체는 다 아물었기 때문에 가능했다고 봐요. 아직도 아픈 면이었으면 말을 못 했을 테니까요. 그런데 그 기간이 지나고 저에게 남은 것들? 그때 그

240

일로 인해 생긴 부산물은 아직까지 저에게 고민으로 남아 있긴 해요.

남의 시선을 많이 신경 쓴다든지, 내 생각을 잘 표현하지 못한다든지 하는 것들이요. 그런 면들을 어떻게 해야 할지, 고쳐야 하는지 인정해야 하는지 계속 고민하게 돼요. 그렇게 보면 어떤 의미에서 계속 치유 중이라고 할 수도 있겠네요.

저희 영상 댓글을 보니, 왕따 이야기에 공감하면서 본인 이야기를 털어 놓으시는 분들이 많더라고요. 보면서 진짜 속상했어요. 아직 학교를 다니고 있는 아이부터 저보다 나이가 많은 분까지, 정말 많은 분들의 이야기가 넘쳐 나는 사실이 안타까웠어요. '형태는 달라도 따돌림 자체는 어쩔 수 없는 건가'라는 생각이 들면서도, 한편으론 이렇게까지 공론화가 됐으니 '세상이 좀 더 나아지기 위한 시작 단계에 들어선 건 아닐까' 하는 생각도 들었어요.

저희 영상을 통해 이름도 얼굴도 모르는 사람들이 만나 서로의 이야기를 나누며 상처를 보듬고 공감하는 과정이 저에게는 너무나 감사한 치유 그 자체였습니다. 영상을 보시는 분들, 이 책을 보실 분들도 같은 기분을 느끼게 되셨으면 좋겠습니다.

영상이 게시된 후, 주변 사람들에게 연락을 많이 받았습니다. 중학교 동창을 비롯한 지인들, 친한 친구들, 가족들까지 영상을 보고 걱정스럽게 제 안부를 물었죠. 저는 그 시절을 곱씹으며 최대한 덤덤하게 대답했어요. 주변인들 반응은 각양각색이었어요. 나와 비슷하게 왕따당했던 경험을 들려주기도 하고, 내 이야기를 들으며 공감해 주기도 하고. 나를 걱정하며 위로해 주는 사람들이 있어 좋았어요.

그중 저를 가장 웃게 만든 것은, 영상 속의 제 모습을 절묘하게 캡처해 마치 이모티콘처럼 쓰는 친구였어요. 처음에는 조금 기분이 나빴던 것 같은데, 또 금방 그게 웃기더라고요. 촬영하던 날, 수많은 근심과 걱정을 안고 우울했던 그 하루를, 이제 와 가볍게 웃을 수 있는 기억으로 바꿔 준 친구가 그저 고마울 따름입니다.

　영상을 촬영할 당시와는 별개로, 아직도 그 시절을 생각하고 있자면 기분이 좋지만은 않아요. 누구라도 왕따당하는 걸 원하지는 않을 거예요. 사람은 망각의 동물이라지만, 이런 상처는 잊어버리려고 해도 도무지 잊을 수가 없는 종류의 기억인 거니까요. 너무나 도망치고 싶었던 상황들을 다시 생각하지 않으려고 무던히 노력했고 결국은 많은 것을 잊었어요. 그런데, 아직도 몇몇 감정들은 마치 어제 일처럼 생생해요.

　나를 때리던 아이들이 몇 명인지, 그 애들의 이름이 무엇인지, 얼굴이 어떻게 생겼는지는 이제 기억이 나질 않는데, 아이들에게 둘러싸여 벽에 등을 붙이고 울지 않으려고 필사적으로 눈물을 삼키던 그때의 감정은 도저히 가슴속에서 지워지지 않는 거예요. 10년이 넘도록 그 감정으로부터 도망치고 싶어 아등바등 애쓰며 살아왔는데도 불가능하다면, 덮어두고 들추지 않는 게 최선이라고 생각했고 여전히 그렇게 생각하며 살고 있습니다.

　몸에 있는 흉터를 보면 이 흉터가 언제, 어디서, 왜 생겼는지 기억이 나게 마련이죠. 그런 것처럼 저에게 그 일은 흉터예요. 그 흉터를 본다고 지금 당장 아프지는 않지만, 아팠던 옛 기억이 되살아나면서 덩달아 조금은 괴로워지는.

이번 프로젝트에 함께하면서 처음에는 '그냥 영상 하나 찍는 것일 뿐이지, 별것 아니다'라고 담담하게 생각했어요. 그런데 댓글이 만 개가 넘게 달리고, 텀블벅이 열리고, 토크 콘서트가 진행되고, 정식으로 책이 출판되는 등 프로젝트의 크기가 훅 커져서 놀랐어요. 공감하는 사람이 이렇게나 많구나 싶었죠. 많은 학교로부터 학교 폭력 예방 교육에 영상을 사용하게 해 달라는 메일이 쇄도한다거나 우리 이야기가 라디오에 나왔다는 말을 들으면, 얼마나 많은 사람이 내 이야기를 들었을까 싶어 떨리는 건지 두려운 건지 모를 마음이 들기도 했습니다.

그런데도 저는 이 프로젝트가 더 커지고 책이 잘 팔려서, 더 많은 이들이 왕따가 사람과 사회에 어떤 영향을 끼치는지를 잘 알게 되길 바라요. 학교라는 작은 사회 안에 있는 학생들이라면 더더욱. 그리고 이 책이 나와 비슷한 경험을 했을 우리 모두에게 심심한 위로가 되었으면 합니다.

저는 대학도 꿈도 결혼도 포기하며 살았지만, 운 좋게 대학을 갔고 사회 복지 일을 하며 결혼도 해서 평범하게 살고 있습니다. 간혹 마음이 힘들어질 때면 정신과 상담을 받는 정도죠. 그러던 중 우연히 '왕따였던 어른들의 기억을 공유해 달라'는 내용의 설문 조사에 응하게 됐고, 영상에까지 출연하게 됐습니다.

신랑에게 동의를 구해 출연하기로 한 뒤에도, 의지와 다르게 터져 버리는 눈물, 떨리는 목소리… 이로 인해 영상을 망쳐 버리는 건 아닐까 걱정도 되고 마음도 편치 않았어요. 그렇게 촬영 직전까지도 수많은 고민을 반복하다 결국 무작정 촬영에 임하게 됐습니다.

짧은 영상이었지만, 조회 수도 엄청났고 댓글도 많이 달렸어요. 왠지 모를 두려움에 한동안 보지 못하다가 굳게 마음먹고 댓글을 일일이 보게 됐습니다. 공감과 응원을 정말 많이 해 주셔서 감사했고, 왠지 모르게 스스로 위로가 됐어요. 나는 착하지 않은데 착한 사람이라고 말해 주니 죄송스러운 부분도 있었고요.

댓글에는 어린 친구들이 현재 왕따를 겪고 있다는 이야기가 많았는데, 그 글들을 보다 보니 문득 왕따였던 시간에 위로받지 못했던 제 어린 시절이 떠올랐습니다. 가깝다고 느낀 사람들에게 내 과거에 대해 이야기했던 적이 있어요. 그런데 가정 폭력에 학교 폭력을 당한 소수자인 내게 주변 어른들인 선생님과 친인척들은 '내가 잘해야 하는 부분'과 '잘못한 부분' 들을 설명해 주었고, 그래도 "어쩔 수 없는 너의 인생"이라며 "불쌍하다"고만 반복해 말해 주었습니다. 결국 내가 처한 상황은 결코 남이 해결해 줄 수 없는 지극히 개인적인 것이며, 나는 불행해야만 하는 사람이고 내 존재가 문제이니 닥친 상황을 참고 견디는 법을 터득해야 한다고 믿게 됐어요.

어린 시절 나는 내 주변에 성숙한 어른이 없다고 생각하고 도움을 주지 않는 그들을 원망했는데, '현재 이런 일을 겪고 있는 어린 친구들에게 나는 과연 성숙한 어른일까?'라는 반문을 하게 됐어요. 차마 답변 댓글을 남길 수 없었죠. '나는 이런 경험과 생각을 거쳐 지금 31살 평범하게 살고 있어, 너도 잘살 수 있어'라고 감히 말할 수 없었어요. 어쭙잖은 동정이나 훈계가 되진 않을까, 내가 느꼈던 현실의 벽을 마주하게 하는 건 아닐까 걱정도 들었고요. 그러다 보니 그저 나는 운이 좋아 현재를 살고 있는 것 같아 마음이 쓰렸습니다.

'왕따였던 어른들' 영상을 본 신랑이나 친구들은 어린 학생들이 높은 수위의 가해를 당하고 있다는 사실에 많이 당황했고, 저에게도 위로를 건넸어요. 구체적인 설명을 듣더니 가해자들에 대해 부정적인 말들을 쏟아냈어요. 근데 오히려 저는 가해자들에 대한 화가 누그러들더라고요. 아무래도 수많은 타인들이 내 주변 사람들이 혼자 앓아야 했던 과거를 함께 공감해 주고 분노해 주는 게 큰 힘이 된 것 같아요. '내가 겪은 왕따가 잘못되었다는 걸 이렇게 많은 사람들이 알고 있는데, 왜 어린 시절 나에겐 내 편이 1명도 없었던 걸까?' '어쩌면 어린 시절의 나에겐 이런 사람 혹은 과정이 필요했던 게 아니었을까' 싶은 생각도 들었어요.

저는 학교에선 왕따, 집에선 가정 폭력을 겪다 보니 가해자들에 대한 미움보다 나 자신이, 내 가정 환경이 원망스러웠고, 그런 나는 왕따를 당해야만 한다고 믿었던 것 같아요. 그러다 20살 무렵, 사회생활을 시작하며 나를 있는 그대로 봐 주는 친구들을 만나게 됐어요. 그 친구들 덕분에 맛집, 노래방, 시내 구경, 서울 구경, 옷, 화장 등등 새로운 세계와 만났지만, 집에 돌아와 가정 폭력의 현실을 마주하면 나는 불행한 사람인데 오늘 친구들과 즐겁게 놀던 내 모습을 생각하니 역겹고 싫기도 했어요. 그래도 이런 내 모습에 화내고 계속 저와 함께해준 친구들 덕분에 정신과 상담도 받고 스스로에게 분노하고 체념하는 무기력한 나조차 인정하고 살아가게 됐습니다. '나는 잘난 것 하나 없지만 적어도 범죄는 저지르지 말자' '가해자들의 말("잘하는 것도 없는 바보 병신 같은 게 몸이나 팔아라" "너 같은 거지는 평생 거지, 너도 장애인 등급 받아"…)처럼 살지 말자'고 다짐하게 됐죠.

물론 제가 "왕따를 극복한 어른으로 살고 있다"고 말할 수는 없어요. 하지만 이번 프로젝트를 통해 그동안 한없이 낮은 위치에 있었던 내게 심심한 위로를 건넬 용기는 생긴 것 같습니다.

"희정아, 과거에 왕따, 가정 폭력을 당했다고 해서 너의 모든 것을 포기하지 않았으면 좋겠어. 남은 인생을 피해자로 살지 않았으면 해. 약한 사람, 착한 사람으로 남지 않아도 괜찮아. 굳이 정답을 찾아 살려고 하지 말고 지금처럼 소중한 사람들과 함께 소소한 일상을 누리며 사는, 부끄럽지 않은 어른이 되었으면 좋겠어. 더딘 성장이지만 힘내. 그동안 충분히 잘해 왔어. 조금 불행한 과거가 있으면 어때. 그리고 앞으로 살면서 불편한 경험이 생기면 어때. 지금처럼 좋은 친구들과 평생의 동반자, 널 응원해 주는 모든 분들과 함께 맛있는 것들, 재밌는 것들, 좋은 것들 많이 누리며 평범한 하루하루를 살았으면 해. 한꺼번에 많은 변화를 욕심내지 않아도 괜찮아. 불행한 생각들 그만 내려놓고 자신에게만큼은 관대하고 긍정적이게 생각하자."

그동안 감추어야만 했던 이야기를 풀어내고 나니 마음 한편이 후련합니다. 이렇게 많은 사람들에게 아픈 과거를 이야기할 수 있는 기회를 갖게 된 것, 많은 위로를 받은 것 모두 감사합니다.

촬영이 끝나고, 참 많은 일들이 있었어요. 그중 하나는 정말 좋은 사람들이 잔뜩 생긴 거예요. 제 이야기를 타인에게 하기 전까지, 저는 절 너무 미워하고 원망했어요. 그저 모든 일이 제 탓이라고 생각했거든요. 영상이 올라가고, 예전의 저와 마주하며 드디어 스스로와 화해를 하게 됐고, 그와 동시에 너무 많은 사람들이 저를 응원해 주고 있음을 알게 됐어요.

그제야 제 주변에 있는 사람들이 보이기 시작했어요. 예전 같으면 경계만 했을 사람들에게 점차 마음을 열게 됐어요. 확실히, 나를 사랑하는 일이 참 중요했던 것 같아요. 예전에는 쉬는 날이면 집에만 있으면서 아무것도 안 했는데, 이제는 조금씩 일을 찾아 하기 시작했어요. 그러고 나니 제가 좋아하는 일들을 여러 가지 발견할 수 있었어요. 그렇게 조금씩 미래를 생각하는 삶을 살고 있습니다.

또 하나, 타인을 더는 의식하지 않게 됐어요. 예전에는 튀는 옷은 꿈도 못 꿨고, 타인의 말을 신경 쓰며 밖에 나가지도 못 했어요. 최근에 공연을 보러 간 적이 있었는데, 저를 알아보는 사람이 있었어요. 인사를 하고 버스를 기다리는데, 옆에서 "피해자인데 이렇게 놀러 다니는 거 보면 주작 아니야?"라는 말을 하더라고요. 예전 같으면 그 이후로 공연을 보러 다니지 못했을 거예요. 그런데 참 놀랍게도, 잠깐 신경 쓰이고 '피해자다움'이란 것을 생각하는 것에 속상함은 느꼈지만 또 공연장에 갈 수는 있더라고요. 이렇게 조금씩 변해 가지 않을까요?

이 프로젝트를 하면서, 상처를 공유하는 것이 얼마나 중요한 일인지 깨달았어요. 저는 이 프로젝트를 하기 전까지, 이런 일을 겪은 사람이 많지 않을 거라고 생각했어요. '내가 이상한 것'이라고 생각했었는데, 영상에 달린 댓글을 보고 경험을 나누는 사람들을 마주하며 많이 속상한 한편으로 '내가 이상한 사람이 아니었고 혼자가 아니었다'는 생각도 하게 되었어요. 어떤 댓글은 "왕따에게는 이유가 있다"는 식으로 말하기도 하더라고요. 하지만 저는 오히려 이번에 "왕따에는 이유가 없다"는 것을 확실히 깨달았어요. 상식적으로 생각해도, 피해자가 되는 것을 정당화할 이유는 어디에도 없는데, 모두들 그렇게 말해 왔다는 것이 참 이상하게 느껴지더라고요.

그간 이러한 말들이 정당화될 수 있었던 건, 왕따였던 사람들이 나서지 않았기 때문인 것 같아요. 이 프로젝트를 처음 시작할 때, 주변 사람들은 정말 많이 말렸어요. 앞으로의 삶에 엄청난 흠이 될 거라고 말한 이들도 있었죠. 물론 저도 왕따라는 과거는 창피하고 숨겨야 할 흠이라고 생각했었고요. 하지만 이렇게 프로젝트를 하면서 '왕따였던 이들이 왕따였던 사실을 창피해하고 숨겨서는 안 된다'는 걸 알게 됐어요. 그렇게 과거의 나를 숨기고 더 스스로를 상처입히다 보면 어디선가 과거의 내가 튀어 나오는 것 같아요. 전 오히려, 왕따였던 어른들이 가능하다면 조금 더 나서야 할 시점이 왔다고 생각해요.

시간이 지나 왕따는 더 교묘한 방법으로 변화해 왔지만, 그 이유 역시 왕따에 대해 모두 쉬쉬했기 때문이 아닐까 싶어요. 뉴스에 학교 폭력 관련된 일이 떠도 한순간이었으니까요. 누군가는 피해자를 탓했고요. 왕따가 사라질 수 있냐고 묻는다면, 사실 대답할 수 없을 것 같아요. 하지만 '조금 더 많은 사람들이 관심을 보이기 시작한다면 언젠가는 왕따가 줄어들 수 있지 않을까' 생각하게 됐어요. 이 아픈 일들을 겪는 사람들이 사라졌으면, 줄어

들기라도 했으면 좋겠어요.

사실 저도 상처가 아직 아물지는 않았어요. 오히려 과도기라고 할 수 있을 것 같아요. 아직 피가 나는 상처 그대로인데, 무시하던 상처를 바라보기 시작했더니 사실 좀 아프고 무섭기도 해요. 그래서 그 상처와 우울함이 나타날 틈을 주지 않기 위해 일을 정말 많이 만들어서 했어요. 몸과 마음에 무리가 너무 많이 가서 아직 힘들기도 해요. 하지만 천천히 나아가다 보면 이 과도기에서 벗어날 거라고 생각해요.

상처가 아물려면 시간이 많이 들겠죠. 아예 흉터가 사라질 수는 없을 거예요. 놔뒀을 때 아프진 않은데 보고 만지면 괜히 가끔 아픈 상처 정도가 되지 않을까 싶은데, 그래도 이 상처가 여러 경험을 하게 해 주고 더 성장하게 해 줬다고 생각하니 마냥 사라져야 할 상처 같진 않아요. 이 상처 덕분에, 저는 더 많은 사람을 이해하고 생각할 수 있게 됐어요. 어떻게 보면 좀 과하게, 예스맨이어야 한다는 생각이 있었기 때문이겠죠. 누군가에게는 참 답답한 사람이지만, 타인의 얘기를 들어 주고 공감해 줄 줄 아는 사람이 됐다고 생각해요. 부당한 일에 자꾸 괜찮다고, 해 주겠다고 얘기해도 좋은 사람들이 대신 화내 주기도 하니까 괜찮아요. 이젠 그저 감사한 것 같아요.

사실 프로젝트를 하면서 다른 사람들에게는 이제 그만 아파도 된다고 말했지만, 저는 그 이후에도 다양한 방식으로 저를 괴롭혀 왔어요. 힘들다는 소리를 주변에는 거의 한 적이 없었거든요. 그냥 고통을 잊겠다며 일하면서 저를 괴롭힌 거죠. 괜찮아야 한다고. 하지만 이제는 타인뿐만 아니라 저에게도 말해 주고 싶네요. 주변에 좋은 사람이 너무 많으니, 가끔 기대도 괜찮다고. 힘들고 싫은 게 있을 때는 그렇게 얘기해도 된다고. 이젠 그만 가면을 벗어도 된다고. 그래도 이해해 줄 사람이 있을 거라고. 정말 고생했고, 버텨 줘서 고맙다고요.

지영

영상에 출연한 이후, 잊고 있던 아픔들을 다시 꺼내 마주보게 되니 정말 힘들었어요. 세세한 기억들마저 다 떠올라서 구역질이 났어요. 그걸 혼자 견디느라 체력적으로도 지쳐서 많이 어려웠어요.

그러던 중 부모님과 언쟁을 하게 됐는데 저를 혼내시면서 "너는 노력을 안 해서 제자리인 거다. 왜 항상 이러고 사냐"라는 말을 들었어요. 그 순간 제가 해 왔던 노력들이 아무것도 아닌 것처럼 느껴지더라고요. 저, 정말 열심히 살아 보려고 했거든요.

왕따를 당한 것이 다 내 잘못으로 생긴 일이라고 받아들인 후, 데이트 폭력과 성 폭력 등 온갖 폭력들을 당하면서도 제 탓을 하고 폭력을 정당화했었어요. 그 생각들이 곪아서 결국 저 자신이

'살아서는 안 되는 존재'라고 결론을 내렸어요. 그러고 나니 살기 힘들어 자해와 자살 시도를 하면서 저를 괴롭혔어요. 이런 '비이성적인 사고'를 고치기 위해 정신과 치료를 시작해 폐쇄 병동에서 몇 개월간 입원 치료도 했었어요. 지금은 약물 치료만으로도 일상이 가능할 정도로 많이 좋아졌죠. 그렇게 살아온 저예요.

근데 부모님의 그 한마디에 모든 게 무너져서 다시 한번 죽음을 선택했어요. 하지만 다시 살게 됐죠.

입원 기간에 부모님께 인터뷰 영상을 보여 드리면서 제 과거들을 말했어요. 그제야 부모님이 제 고통을 어느 정도 이해해 주시더라고요. 그러면서 많은 대화를 나누었고 부모님과의 관계가 크게 회복이 됐어요.

저는 평생 나만 지고 가야 할 과거들이라고 생각했어요. 왕따 당시에는 아무도 나를 이해해 주지 못할까 봐 누구에게도 말하지 못했는데, 오랜 시간이 지나서야 가족이 큰 힘이 되고 있어요. 저와 비슷한 아픔을 겪은 이들에게 조금이나마 위로가 되어 드리고 싶어서 시작했는데, 오히려 제가 많은 도움을 받았어요. 참 감사해요.

영상이 올라간 후 '악플이 없을 수는 없겠다'는 생각에 댓글은 보지 않았어요. 그 말들에 상처받고 우울해하긴 싫었거든요. 내 삶 찾아서 살기에도 바쁜데 그런 걸로 흔들려서 시간 빼앗길까 봐 신경 안 썼어요.

가해자들도 어떻게 사는지 안 궁금해요. 내 인생 이만큼 미치게 괴롭혔으면 됐지… 권선징악이 되면 좋겠지만, 그게 아니라면 저주하겠죠. 이제 누굴 원망하고 증오하는 것에 지쳤어요. 그럴수록 나 자신만 더 힘들어지고 피폐해져서 그만뒀어요. 잘살든 말든 관심 없어요. 이런 생각을 하기까지 오래 걸렸죠. 오로지 '나'에 집중하며 살아가니 가능해지더라고요. 즐거운 일들, 하고 싶은 일들, 좋아하는 것들을 찾아가고 늘려 가니 나를 찾게 되고 채울 수 있게 됐어요.

심리 상담을 할 때마다 듣는 이야기가 "내 안에 내가 없다"였어요. 타인이 하는 말들을 다 받아들여서 내 삶의 주체가 '나'가 아니라고요. 타인에게 휘둘리고 의지하는 사람이라는 거죠. 친구들은 저보고 인생 다 살아서 해탈한 사람 같대요. '그렇게 10, 20대를 지옥같이 살았는데 뭐 얼마나 더 있겠어?' 더 상처받을 것도 없는데 나답게 내 인생 잘 살아보려고 노력해요, 요즘은.

여태 피해자로 힘겹게 살면서 나를 아끼지 않았으니 지금이라도 '평범하게' '보통 사람'처럼 살아보려고요. 아직도 갈 길은 멀죠. 가끔 울컥하면서 상처들이 벌어지고 터져 그 감정을 주체하

지 못하게 되기도 하지만, 그 감정들을 억지로 누르고 외면했던 예전과 달리 지금은 받아들이고 인정해요. 조금은 편하게 지낼 수 있게 되더라고요.

어떤 이유가 있든지 간에 폭력을 정당화해선 안 돼요, 절대로. 그리고 내 편 없이 힘들 때 그래도 믿어요, 자신을. 이렇게 같이 싸워 주는 사람들이 있어요. 그러니 혼자 있지 마요. 내가 겪은 아픔들을 조금이나마 겪지 않았으면 좋겠어요. 꼭 우리가 아니어도 괜찮으니 누군가에게 말해 줘요. 숨 막힌다고. 괴롭고 힘들다고. 살려 달라고. 같이 있어 줄게요. 포기하지 마요. 그리고 미안해요. 더 나은 세상을 만들어 주지 못해서요. 더 노력할게요. 힘내요. 우리.

후기로 무슨 글을 쓸까 고민했는데 우리 영상의 인터뷰어였던 최 피디님 이야기를 하려고 합니다.

최근 만남에서 최 피디님이 제게 "너무 걱정이 많으세요"라며 약간의 짜증(?)을 섞어 말씀하셨죠. 그 말에 화를 내려는 게 아닙니다. 사실 저는 그 말과 함께한 그 약간의 짜증 혹은 투덜거림에 크게 안심했거든요.

제가 민아 님과 요셉 님 그리고 최 피디님을 지나치게 걱정한 게 사실입니다. 우리 영상을 보면서 혹시 느끼셨을지 모르겠지만, 유난히 얼굴에 웃음을 담고 있는 사람이 있습니다. 요셉 님과 민아 님 그리고 바로 최 피디님입니다. 짐작하셨겠지만 그 웃음 때문이었습니다. 자신의 감정을 거의 드러내지 않고 항상 웃는 표정을 하고 있죠. 자신을 철저히 감추기 위한 수단으로서의 웃음이라면 차라리 다행이지만, 나 자신이 괜찮다는 걸 보여 주기 위한 웃음이라면 위험하니까요.

14살의 1년 동안 굴욕을 당하면서, 제 모든 생각과 마음은 분노와 증오뿐이었습니다. 대단하지는 않지만 복수(?)를 했을 때 저는 다시 본래의 제 모습으로 돌아갈 수 있을 거라고 생각했어요. 그런데 그럴 수가 없더군요. 제 본래의 모습이 무엇인지 알 수 없었거든요. 친구들과 부모님 그리고 새롭게 만나게 되는 사람들을 어떻게 대해야 할지 알 수 없었습니다. 그러다 보니 저를 만나는 사람마다 모두 서로 다른 권배를 만나게 됐습니다. 여기까지면 그나마 다행인데, 정말 심각한 것은 한 사람이 만나는 권배의 모습이 만날 때마다 다르다는 것이었죠. 쾌활한 사람을 만났는데 다음번에 만나니 한없이 우울하고, 그다음 만날 때는 쉬지 않고 잘난 체를 하고, 또 그다음에는 조용하고 침착하게 귀기울여 이야기를 들어 주고… 짐작할 수 있겠습니까?

지금도 제가 어떤 사람인지 콕 집어 말할 수는 없습니다. 다만 이제는 제가 하고 싶은 것, 하기 싫은 것, 하면 즐거울 것 몇 가지를 알고 있고 그것에 기대어 살아가고 있습니다. 긴 시간 동안 제가 저 자신을 지키기 위해 체화한 것이 바로 웃는 것이었습니다. 웃는 얼굴은 제게 생존 수단이었죠. 그런데 그런 모습을 '포

커 페이스'니 뭐니 하며 대단한 능력처럼 표현하고 이야기하는 걸 볼 때마다 슬펐습니다. 정말 그것이 대단한 능력이고 내가 그런 능력을 가진 사람이면 좋겠지만, 그건 사실이 아니란 걸 알고 있었거든요.

웃는 얼굴을 가지고 살기 위해서는, 모든 일을 대할 때 제3자의 관점에서 바라보듯이 한발 물러나 있어야 합니다. 모든 일은 내 일이면서 동시에 내 일이 아니기 때문에, 아무렇지 않게 넘길 수 있습니다. 하지만 정말 그럴까요? 잘 넘겼다고 생각했던 그 일들로 인해 겪었던 감정이 폭발하는 순간은 반드시 옵니다. 감정의 총량은 질량 보존의 법칙처럼 어디로 사라지지 않고 형태를 바꾼 채 기다리고 있다가 내가 가장 약할 때 가장 약한 곳을 찾아 치솟아 오릅니다.

제3자의 입장에 서게 됐을 때 무슨 짓이든 저지를 수 있는 상태가 된다는 것이 무섭습니다. 게임 아바타를 바라보는 정도로 제 삶을 대하게 되는 거죠. 내 삶도 그렇게 대하는데 다른 사람의 삶을 대하는 것은 더하면 더했지, 덜하지 않아요. 웃는 얼굴로 무슨 짓이든 할 수 있게 되는 겁니다. 무엇이든 할 수 있다고 생각하는 사람이 할 수 있는 경험의 범위에는 매우 나쁜 경험들도 많습니다.

저는 제 나이 또래에 비해서 다양한 경험들을 했습니다. 제 친구들이나 학생들은 부러워하지만 저는 그저 운이 좋아 살아남았을 뿐입니다. 그리고 그 살아남았음이 기쁘지 않습니다. 저는 죽는 순간까지 그런 나쁜 경험 속에서 얻게 된 감정까지도 오롯이 안고 살아가야 하거든요.

너무 멀리 왔지만 웃는 얼굴을 보면서 걱정한 건 바로 이런 이유 때문이었습니다. 하지만 민아 님도 행복한 표정이었고, 최 피디 님도 제게 너무 걱정이 많다며 투덜거리셔서 정말 안심했습니다.

한번은 '내가 어른이 되어서 왕따를 당했다면 지금과 같았을까?' 생각해 본 적이 있습니다. 아닐 겁니다. 내가 어떤 사람으로 커 나갈지 만들어지는 시기에 당했던 그 경험은 나란 사람이 어떤 사람인지를 알 수 있는 기회를 영원히 빼앗아가 버렸습니다. 나란 사람이 만들어지는 시기에 저는 다른 사람들로부터 배척당하지 않기 위해서 웃어야 했습니다. 내 마음보다 내가 만나는 다른 사람의 눈치를 먼저 보는 사람이 됐습니다. 다른 사람의 눈치를 보는 나 자신이 밉습니다. 나를 사랑할 수 없습니다. 다른 사람도 사랑할 수 없습니다. 제 곁에 있는 사람은 함께 있어도 항상 외로울 수밖에 없었죠. 이제야 저와 함께했던 친구들이 왜 그런 말을 했는지 이해할 수 있습니다.

어린 날의 왕따로부터 벗어나는 데 20년이 넘게 걸렸습니다. 이제야 나를 조금은 아껴 주고 싶어졌고 진심으로 다른 사람을 좋아하고 사랑할 수 있지 않을까 기대하며 조심스럽게 꾸미지 않은 내 얼굴을 보여 주기 시작했습니다. 이번에 참여한 모든 출연자분들을 제가 걱정하는 것은, 제가 그 긴 시간 동안의 고통에서 이제야 벗어나기 시작했기 때문입니다. 모두 저처럼 바보가 아니란 것을 알고 있습니다. 하지만 원래 바보 눈에는 모두가 바보로 보이기 때문에 모두를 걱정했습니다.

단 1명의 사람이라도 더, 단 하루의 시간이라도 덜 아프게 해 주고 싶습니다. "권배 님은 너무 걱정이 많으세요."(투덜) 이 말에 안심했다는 걸, 최 피디님에게 알려 주고 싶었습니다.

　얼마 전, 다니는 교회 담임 목사님께서 "인터뷰 잘 봤다"는 얘기를 해 주셨습니다. 집 근처 고등학교에서 기간제 교사를 하고 있는 친한 형은 "인터뷰 잘 봤고, 우리 학교에서도 조만간 학교 폭력 방지 교육 시간 때 교보재로 쓸 것 같다"며 미묘한 엄포(?)에 가까운 격려를 해 주었습니다. 대학교 선배 1명과 지인 몇 명도 인터뷰 잘 봤다는 이야기, 그런 용기가 어디서 나왔는지 모르겠다는 이야기 등을 하며 격려를 해 주셨고요.

　불행인지 다행인지 모르겠으나 가해자나 방관자들에게서는 연락이 오지 않았습니다. 어쩌면 당연했습니다. 그들은 이미 나라는 존재를 잊어 버렸을 수도 있으니까요. 3년. 그리고 그 이상의 시간은 사람에 대해 망각하기에 충분하고도 남는 시간인 것 같습니다.

어머니는 아직 영상을 보셨는지 보지 않으셨는지, 아무런 말씀이 없습니다. 하지만 예전 군대에 있을 때 부대로 보내셨던 편지 속 문장 하나가 그저 어머니의 답변 정도라고 생각하고 있습니다.

"그저, 하루하루 견뎌 내고 이겨 내면 되는 거다. 그러면 되는 거다."

그때는 그저 힘든 군 생활과 부대 내에서 안 맞는 사람들과 부대끼는 것을 이겨 내라는 뜻 정도로 생각했지만, 이제 몇 개월 후면 서른이란 나이를 받게 되는 지금에 와서는 이 말이 청소년기부터 성인이 되기까지 나의 15년을 그럭저럭 살아 내게 한 말이 아닐까 생각하게 됩니다.

인터뷰 직후, 시간제로 일하고 있던 구청에서 건강 검진 결과서를 떼 오라는 공문을 받아 보건소에서 건강 검진을 받았습니다. 올해는 추가로 정신과쪽 검진도 받았어요. 다른 부분은 크게 염려가 안 됐지만, 정신 건강 쪽은 인터뷰 이전에도 많이 염려하던 터라 잔뜩 긴장이 됐습니다. 보건소 내에 있는 '정신건강 복지 센터'에서 검진을 받았는데, 담당 공중 보건의 선생님은 이렇게 말씀하셨습니다.

"지금 심리 검사 검사지 상으로는 정신과 진료까지 걱정하실

소견은 안 나왔어요."

여기서 살짝 7초간 안도했습니다.

"그런데, 기초 상담에서 문진한 걸 검토해 보니까 스트레스 관련해서는 체질적으로 많이 약하신 것 같아요. 이게 원래 약하셨을 수도 있고, 상담 때 나왔던 여러 내용으로 인한 문제일 수도 있어요. 정말 못 견디실 상황이 오면 주저하지 마시고 가까운 신경정신과 의원이나 신경정신과 관련 한의원 혹은 전문 상담센터에 꼭 들르세요."

그러고 나서 몇 주 후, 구청 일과 프리랜서 일을 같이하다 보니 무리를 했는지 불면증에 몸살이 한꺼번에 오고 말았습니다. 안 되겠다 싶어 집 근처 한의원을 찾았습니다.

"이건…… 단순 몸살이 아니고, 화병이에요. 스트레스성. 근데, 이거 좀 많이 오래 쌓이신 거 같은데요. 이렇게 살짝 눌렀는데 통증이 느껴지신다 하면 조금 심각한 거예요."

실마리가 풀린 기분이었습니다. 고등학교 1학년 당시에도 가끔 공황 증세가 찾아왔었고, 대학교 때나 군대 있을 때도 여러 이유로 스트레스를 심하게 받을 때에는 진짜 숨이 컥컥 막히는 상황이 여러 번 있었습니다. 이후에도 소화기 관련 증상까지 같이 와서 이대로면 제 명에 못 살 것 같단 생각을 자주 했는데, 이게 '화병'이었다니.

'왕따였던 어른들' 프로젝트에 참여하게 된 것, 오래도록 나를 괴롭히던 상처를 '화병'으로 명명하고 치료하게 된 것 모두 참 감사한 일입니다.

물론 왕따였던 어른들 프로젝트가 현재 이 사회에 일어나는 학교 폭력 문제에 대한 명쾌한 솔루션은 될 수 없다는 것을 압니다. 하지만 학교 폭력을 겪고 나서도 죽지 않고 살아남아 이렇게 존재하고 말할 수 있는 이들이 있다는 것. 이 사실을 알리는 것만으로도 프로젝트의 의의는 충분했다고 생각합니다.

마지막으로, 정말 감사한 두 분을 언급하고 싶습니다. 극단 〈배우는 사람〉의 대표로 제가 정말 존경하는 김건희 형님과 김찬미 누님 부부입니다. 씨리얼 팀으로부터 인터뷰 제의를 받았을 때, 처음엔 거절하고 싶었습니다. 그때 이 두 분이 제게 해 주었던 말들이 생각났습니다. 먼저 찬미 누님의 격려의 말들이 떠올랐고, 그다음은 건희 형님이 매주 모임에서 했던 말이 떠올랐습니다. 그 말을 적으며, 이 글을 마칩니다.

"만일 살면서 용기를 내야 하는 순간이 한 번이라도 온다면, 그때는 내야 해요. 그게 멋진 거예요."

'왕따였던 어른들' 프로젝트가 진행되는 걸 지켜보며 '나만 겪은 것 같았던 일들을 겪은 사람들이 이렇게나 많구나'란 생각을 참 많이 했습니다. 그리고 우리 영상에 달린 수많은 댓글들을 읽는 내내 아픔이 느껴지고 공감도 되어 너무 힘들었습니다.

우리가 받았던 상처는 진행 중인 것도, 치유된 것도 있을 것입니다. 누군가는 상처를 숨기고 살 것이고 누군가는 상처를 잊고 살 것이고요.

저는 20대 초반엔 상처를 숨기고 살았고 20대 후반엔 상처를 오픈할 수밖에 없는 상황이 있었는데, 그 이후 친구들을 잃고 꿈을 잃고 살아야만 했습니다. 그러다 이번 프로젝트에 참여하게 되면서 얼마간 상처를 치유한 것 같아요. 상처와 트라우마는 평

생 날 따라다닐 거고, 치유될 수도 잊을 수도 없을 거라 생각했
는데 말이죠.

마음이 치유되니, 자연스레 내가 긍정적으로 변하고 있다는 걸
느낍니다. 물론 지금까지 상처와 트라우마로 인한 어떤 생활 패턴
이나 부작용, 대인관계에서의 어려움은 여전히 고쳐 나가는 중입
니다. 하지만, 결론적으로 저는 우리가 겪었던 이 상처와 트라우
마를 치유하고 이겨 낼 '희망'이 존재한다는 말을 하고 싶었어요.

저는 과거에 그런 아픔들을 겪었던 것만 해도 억울한데 남들
처럼 평범한 삶을 살지 못하고 있는 현실이 너무나도 괴롭고 억
울했어요. 또 태어날 때부터 기독교인이었지만 세상 그 누구보
다도 기독교를 '개독교'라 욕하고 하나님을 저주했어요. 게다가
전 착하지도 않아요. 내가 이 세상에 필요한 존재란 증거를 도무
지 찾을 수가 없었죠.

그러던 중 영상 출연을 하면서 알게 된 어느 분으로부터 교회
한 군데를 소개받고 나가게 됐습니다. 그런데 아무 일도 일어날
것 같지 않던 나에게 변화가 일어났어요. 너무나도 살고 싶어진
거예요. 저도 정말 신기한데, 내가 저주하고 욕하던 그 하나님이
저에게 계속해서 말하고 있었습니다.

"사랑한다."

그냥 이 한마디에 내 삶이 변하기 시작했습니다. 늘 머리론 '사랑받은 사람이 사랑을 줄 줄 안다'고 말하고 다니긴 했는데, 이제야 비로소 사랑받는다는 게 어떤 건지 조금은 알 것 같습니다. 제가 겪은 이 이야기가 굉장히 현실감 없게 여겨질 수도 있어요. 하지만 그냥 무수한 정답들 속에서 제가 찾은 정답을 공유하고 싶어서 이렇게 씁니다.

우린 원치 않는 아픔과 슬픔을 겪고, 그로 인해 남들과 다른 길을 걸으며 여전히 고통받고 있습니다. 그런데 어느 순간 생각하면, 날 막고 있던 것은 그저 나 자신이었던 겁니다. 더는 누군가에게 상처받기 싫어 먼저 상처 주기도 했고 다가오는 사람을 믿지 못해 밀어내기도 했죠. 모든 사람들이 날 싫어할 거라고만 생각하고, 나 자신을 욕하고 학대하고 점점 혼자만의 공간을 찾아 숨어 버리게 됐고요. 정신과에서 상담을 받아도 답답하고 약을 처방받아 먹으면 무기력해지기만 하고 이 아픔을 겪어 보지 않은 사람은 우리를 이해하지 못합니다. 하지만 분명 날 있는 그대로 사랑해 줄 이는 어딘가에 존재합니다. 저에게는 그 존재가 사람이 아닌 하나님이었지만 앞으로 내가 받은 사랑을 누군가에게 주다 보면, 나 또한 날 있는 그대로 사랑해 주는 사람을 만나지 않을까 생각합니다. 사랑을 주는 존재는 사람일 수도 있고 하나님일 수도 있고 동물일 수도 있겠죠.

꼭 한 번쯤은 세상에 당당하게 부딪혀 봤으면 좋겠어요. 먼저 용기를 내어 누군가에게 나 자신을 오픈해 봤으면 좋겠고요. 무엇보다 나 자신을 사랑해 주고 나 자신을 아끼고 사랑해 줬으면 해요. 내가 나를 버리기까지 하면 내가 너무 불쌍하잖아요.

남의 시선을 의식한 선택보단 온전히 나를 위한 선택을 하고, 이제 버티는 것도 내려놓았으면 좋겠어요. 목적 없이 무작정 버티는 일이 우리 미래에 수많은 기회를 놓치게 만드는 것 같거든요. 저는 한때 버팀을 버림으로써 그 공간에 좋은 추억을 넣을 수 있었습니다.

그리고 남들과 내가 다르다고 생각하지 말길 바랍니다. 그냥 내가 걷는 고난의 길이 나만의 길을 만들어 가는 과정이라고 생각했으면 해요.

마지막으로, 꼭 하고 싶은 말이 있습니다. 이 글을 읽는 분들 중 주변에 학교·가정·데이트 폭력을 겪고 있고 그로 인해 죽고 싶어 하는 사람이 있다면, 진심으로 그들의 말을 들어 주고 그 고통에 공감해 주고 꼭 한번 그들을 안아 주세요. 고통이 너무 버거워 마지막으로 선택할 수 있는 게 죽음뿐이라 생각하며 죽으려는 이에게 "죽을 힘으로 살아"라고 말하는 건 너무 가혹하고 잔인해요. 그러니 그저 안아 주세요. 자살 또는 자살 시도를 한 사람들을 프레임을 씌우고 바라봐서도 안 돼요.

현재 고통을 겪고 있는 피해자들을 응원합니다. 우린 행복할 의무가 있고 충분히 사랑받을 가치가 있는 소중한 사람입니다. 같은 시간을 걸어온 그리고 같은 길을 걸어가고 있는 한 사람으로서, 이 말만은 꼭 하고 싶습니다. "사랑합니다."

처음 씨리얼로부터 연락을 받았던 것이 2019년 3월. 벌써 계절이 바뀌고 또 바뀌어 가고 있어요. 그 동안 많은 변화가 생겼습니다. 하지만 그런 변화보다 더 크게 느끼는 건, 앞으로 제게 긍정적인 변화가 일어날 거란 자신감이 생겼다는 사실이에요.

영상 출연 이후 한 달 동안은 불안감에 휩싸여 있었어요. 영상이 처음 업로드되던 날, 카페에서 과제를 하며 손꼽아 기다리는데 '영상이 잘 나왔을까' 하는 불안감보다는 새로운 시작으로 인한 불안감이 더 컸어요. 제 마음속에 있던 감정들을 모두의 앞에 보여 주는 일이 생각보다 불안한 일이더라고요.

그렇게 조용히 사그라들 줄 알았던 영상이 생각보다 큰 반향을 불러오고 주변에서 많은 연락이 오기 시작했어요. 처음에는 그런 상황에서도 당당하지 못했어요. 마치 제가 잘못이라도 한 듯 더욱 자신감이 사라졌고, 공공장소에서도 많은 시선들이 느껴져 무척 힘들어했어요. '고발'이라는 것이 이렇게 어려운 일이구나, 하는 것도 알았고요.

다행히도, 많은 분들이 "영상 잘 봤다"며 격려해 주셨고, 모든 가족들에게는 아니지만 제 정신적 지주인 누나에게 처음으로 "멋있다"는 말도 듣게 되었어요. 그러면서 점점 저 자신이 이렇게 멋있어질 수도, 누군가에게 영감을 줄 수도 있는 사람이라고 느껴졌어요. 스스로가 오히려 소중하게 느껴지더라고요. 그러면서 자연스럽게 제가 나왔던 영상을 자주 보게 됐어요.

영상을 보다가 어떤 때는 그때의 기억이 떠올라 아찔하기도 했어요. 하지만, 다른 출연자분들에게는 우리의 영상이 어떤 의미로 남았을지 몰라도 저에게는 그날의 기억을 충분히 훌훌 털어버릴 수 있는 기회이자 시작이었다고 생각해요. 마치 목욕이라도 한 것처럼요. 또 영상을 보며 제 인생을 돌이켜 보고 '나는 이런 사람이었구나' 하고 깨닫기도 했어요. 그 영상이 제게는 거울 같은 역할을 해 준 셈이죠.

저는 이번 프로젝트를 통해서 개인의 아픔을 나누는 것이 생각보다 큰 힘을 불러일으킨다는 걸 알게 됐어요. 인생을 살며, 저도 모르는 사이 스스로를 약자라고 생각하며 살아왔는데, 이런 생각을 훌훌 털어 버리게 됐고요.

지금도 가끔 영상의 댓글들을 보는데, 그 댓글 창이 그간 숨겨 왔던 자기 이야기를 꺼내는 장소가 되었더라고요. 그걸 보고 정말 행복했습니다. 다 같이 모여서 수다를 떠는 기분이었달까요. 자신의 아픔을 타인에게 털어놓는 것이 쉬운 일은 아니지만, 누군가에게 말을 꺼내면서부터 서서히 치유가 되기 시작하는 것 같아요.

고생하신 출연자분들과 제작진분들에게 정말 감사하다고 말씀드리고 싶고, 절 여기까지 끌고 와 준 대학교 후배와 늘 저를 소중한 사람으로 여겨 주는 친구들한테도 다시 한번 감사의 마음을 전하고 싶어요. 고맙습니다!

저는 요새 신발 가게에서 일하고 있습니다. 처음에는 말더듬이인 내가 그런 곳에서 일한다는 게 무서워서 하기 싫기도 했어요. 다른 직원분들에게 지적도 많이 받고 꾸지람도 많이 들었죠. 특히 인사를 제대로 못 한다는 이야기에, 다른 분들보다 목소리는 작지만 최대한 잘 해 보려고 노력을 했어요. "반갑습니다!"라는 인사말 다음에 "○○○ 제화입니다" 하는 식으로 매장 이름을 붙여야 하는데요. "반갑습니다"라고 한 다음 3~5초가 지나서야 다음 멘트가 나옵니다. 순간, 머릿속이 복잡해지고 사람들 눈을 쳐다볼 수 없게 되죠. '어떻게든 입에서 단어가 나오게 하자'라고 생각하지만, 그게 어디 쉽나요. 그다음 업무는 물론이고, 그 어디에도 집중할 수가 없었습니다.

'이렇게 매장에 피해를 줘도 되나' 하는 생각에 마음이 심란해져 친구에게 카톡을 했는데, 친구는 "네가 너무 너 자신에게 압박을 주는 것 같아"라고 하더라고요. 그 말을 듣고 보니 내가 너무 나에게 바라는 게 크다는 사실을 알 수 있었어요. 그러면서 조금씩 나아졌죠. 그렇게, 신발 가게에서 일한 지 1달이 넘었습니다. 남들에게는 1달 일한 게 별것 아닐 수도 있지만, 제게는 정말 긴 시간이었어요. 이렇게 그간 경험해 보지 못한 일들을 부딪혀 가며 경험한다는 게, 프로젝트를 시작한 이후 제게 찾아온 첫 번째 변화인 것 같아요. 조금이나마 성장한 부분이랄까요.

물론 그때의 기억이 완전히 치유된 건 당연히 아닙니다. 그저 매일 일하고 취미를 즐기면서 오랜 시간을 흘려 보내다 보니, 기억이 많이 나진 않을 뿐이죠. 간혹 그때 일이 꿈에 등장하거나 문득 기억이 날 때가 있어요. 그럼 그날이 기분 안 좋은 날이 되는 거죠. 그럴 때는 바로 그 내용을 기억해서 좋은 생각으로 마무리를 지어 정리하곤 해요. 그렇게 하고 나면 마음이 좀 편해져요.

영상을 찍고 콘서트도 하고 책이 나오고 댓글도 보면서, '왕따 당하는 사람은 없어져야 한다'는 생각을 그 어느 때보다 많이 하게 됐어요. 마음이 많이 아파요. 당해 본 입장이라 더 그렇게 느끼는 걸지도 몰라요.

저는 자신도 모르게 지인들을 공격하곤 했어요. 제가 이유 없이 당하던 기억이 아직 남아 있어 그런지, 욕 대신에 말, 눈빛, 행동으로 지인들을 지치게 해 왔어요. 저도 늘 좋은 마음이고 싶지만, 어렵죠. 사회생활을 하면서 할 말, 안 할 말 구분하지 않고 다 했어요. 그렇다 보니 일하는 곳에서 잘리기도 하고, 이런저런 이상한 말도 들었어요.

이제는 많은 것을 내려놓았어요. 최대한 할 수 있는 선에서 너무 많은 걸 바라지 않으며 점차 달라져 가는 제 모습이 스스로도 마음에 들어요. 자신감도 생겼고요. 이 글을 보시는 분들도 그렇게, 편하게 생각하셨으면 좋겠어요.

나
의
가
해
자
들
에
게

1판 1쇄 발행 2019년 10월 10일
1판 6쇄 발행 2024년 6월 28일

지은이 씨리얼

발행인 양원석
영업마케팅 양정길, 윤송, 김지현
펴낸 곳 ㈜알에이치코리아
주소 서울시 금천구 가산디지털2로 53, 20층(가산동, 한라시그마밸리)
편집문의 02-6443-8826   **도서문의** 02-6443-8800
홈페이지 http://rhk.co.kr   **등록** 2004년 1월 15일 제2-3726호

© 씨리얼 2019, Printed in Seoul, Korea

ISBN 978-89-255-6773-0 (03810)